AF219597

Kapitel 1

Die letzten Kartons waren voll gepackt und das Auto war startklar zum Losfahren. Ich stieg ins Auto und verabschiedete mich von unserem alten Haus. Ich verstand immer noch nicht, warum meine Eltern unbedingt ein Hotel in Dreamcity eröffnen wollten. Ich schaute aus dem Autofenster und dachte wie mein Leben in der neuen Stadt sein würde. Was,wenn ich mich dort nicht wohlfühlen werde? Oder was ist, wenn ich dort keine Freunde finden werde? Auf einmal liefen mir etwas die Tränen. Ich vermisste meine Freunde schon jetzt.

„Nicht weinen Milena. Alles wird gut. Dreamcity wird dir bestimmt gefallen.", versuchte meine Mutter mich zu beruhigen.

„Du versteht es nicht, Mom. Meine Freunde und ich wollten so viele coole Ausflüge in diesen Sommerferien machen und stattdessen sitze ich jetzt im Auto und wir fahren in eine komplett fremde Stadt. Ihr könntet ja auch in Manchester ein Hotel eröffnen. Wieso tut ihr das nicht?", fragte ich mich.

„Warum regst du dich überhaupt so auf?", fragte mich meine ältere Schwester Sabrina.

„Ich muss jetzt mit meinem Freund eine Fernbeziehung führen. Und das ist viel schlimmer", fügte Sabrina noch hinzu.

„Ihr könnt mit euren Freunden doch telefonieren und sie auch ab und zu besuchen, wenn wir wieder nach Manchester fahren", versuchte Mom uns zu beruhigen.

„Ich bin mir sicher, dass ihr euch schnell an die Stadt gewöhnen und ihr auch schnell Anschluss finden werdet.", sagte Dad mit einer ruhigen Stimme.

Nach elf Stunden Fahrt waren wir in Dreamcity angekommen. Wir alle waren sehr müde von der ganzen Fahrt. Ich konnte nicht aufhören zu gähnen. Meine Schwester und ich sahen unser neues Haus zum ersten Mal.

„WOW! Das Haus ist riesig!", sagte Natalia erstaunt.

„Alle Häuser sind hier riesig und jedes Haus hat seine eigene Farbe.", erklärte Dad.

„Es ist wunderschön!", erwähnte ich.

„Kommt gehen wir rein!", schlug Mom vor.

Das Haus war wahrhaftig schön. Das musste ich wirklich zu geben. Es war viel größer und schöner als unser altes Haus in Manchester und hatte eine türkisine Farbe. Mom und Dad zeigten uns alle Zimmer im Haus. Endlich ging ich in mein neues Zimmer. Dort standen schon paar Möbel, die ich mir bereits in Manchester für mein neues Zimmer ausgesucht hatte. Ich setzte mich auf mein Bett und wollte meine beste Freundin Anna anrufen, um ihr mein neues Zimmer zu zeigen. Doch dann klingelte es plötzlich an der Tür. Meine Mutter öffnete die Tür.

„ Guten Tag. Wir sind die Dokrus, eure Nachbarn.", sagte eine weibliche Stimme.

„ Willkommen in unserer Nachbarschaft!", sagte diesmal eine männliche Stimme.

Meine Mutter redete etwas mit den Dokrus. Ungefähr zehn Minuten später rief uns meine Mutter und wollte uns etwas Tolles erzählen.

„ Unsere Nachbarn haben gerade geklingelt und uns auf eine Grillparty eingeladen, damit wir uns näher

kennenlernen können. Was haltet ihr davon?", fragte
meine Mom.
„ Das ist super! Auf jeden Fall müssen wir die Einladung
annehmen.", sagte Dad begeistert.
„ Ich möchte nicht mitkommen. Ich bleibe lieber zuhause
und dekoriere mein Zimmer.", antwortete ich.
„ Wieso nicht, Schätzchen? Das wird bestimmt spaßig!",
versuchte meine Mutter mich zu überreden mit zu
kommen.
„ Na gut, aber ich bleibe nur ganz kurz da.", erwiderte ich.
„ In Ordnung Milena!", sagte meine Mutter.
Ich gehe nicht gerne zu Feiern oder Festen, weil da so
viele Menschen sind und sie mich alle angucken und ich
mich dann immer so unwohl fühle. Außerdem muss ich
dann mit den ganzen Leuten reden und ich weiß nie, was
ich mit den Leuten reden soll. Ich glaube ich bin nicht für
die Gesellschaft gemacht.Und für meine Schwester war es
egal. Ihr ist eigentlich fast alles egal, außer sie selbst, ihr
Freund und ihr Handy. Ohne ihr Handy kann sie nämlich
gar nicht mehr leben, aber das ist eine andere Geschichte.
Das Grillfest begann am Abend. Meine Mutter machte sich
die ganze Zeit Gedanken, was sie anziehen sollte. Mir war
es nicht wichtig. Ich zog mein Lieblingsshirt mit Sternen
und eine schwarze Hose an. Ich stehe nämlich so gar nicht
auf Schickimicki. Wir gingen los. Das Haus der Dokrus
war ebenfalls riesig und dafür rot. Sie wohnten direkt
gegenüber von uns. Als wir bei ihnen klingelten, machte
ein gutaussehender Junge die Tür auf. Er war schlank,
hatte kurze braune Haare und knallgrüne Augen. Er war
ungefähr in meinem Alter, so 17 oder 18 Jahre alt. Er
lächelte uns freundlich an und stellte sich vor. Sein Name
war Alexander Dokrus. Alexander brachte uns zu seinem

Garten. Dort waren auch schon die ganzen anderen Nachbarn, die uns alle schon lächelnd erwarteten. Alle begrüßten uns freundlich und sangen für uns ein Willkommenslied. Meine Eltern fanden es super toll und unterhielten sich direkt mit ein paar Nachbarn, als würden sie diese Leute schon eine Ewigkeit kennen. Das fanden ich und meine Schwester echt merkwürdig, weil unsere Eltern eigentlich nicht so Kontaktfreudig waren. Bei unseren Nachbarn in Manchester hatte es Monate lang gedauert bis meine Eltern einiger maßen Kontakt mit den Nachbarn hatten und jetzt redeten sie ohne Probleme. Das ist wirklich merkwürdig. Meine Schwester und ich waren die ganze Zeit zusammen und wir beobachteten die neuen Nachbarn und unsere Eltern, die wir auf einmal nicht mehr wieder erkannten.

„Dieses Grillfest ist echt langweilig. Ich habe es mir viel lustiger und besser erhofft.", sagte meine Schwester und unterdrückte dabei ein Gähnen.

„Finde ich auch. Ich finde die ganzen Leute hier echt merkwürdig und schau dir mal Mom und Dad an.", sagte ich zu Sabrina.

„ Echt ungewohnt sie so zusehen. Als hätten sie eine komplette Verwandlung gemacht und das in nur ein paar Stunden.", teilte mir meine Schwester mit.

„Wie findest du eigentlich die Nachbarn hier?", fragte ich Sabrina interessiert.

„ Na ja, eigentlich ist es mir egal. Ich habe mich auch mit unseren Nachbarn in Manchester nicht viel unterhalten. Aber eins muss ich sagen, ich glaube wirklich, dass diese Leute etwas Mysteriöses an sich haben.", antwortete sie.

„ Was meinst du mit 'sie haben etwas Mysteriöses an sich'?", fragte ich sie.

„ Na ja. Sie haben halt etwas Mysteriöses an sich, was genau kann ich dir nicht sagen, aber wenn du sie mal mit unseren ehemaligen Nachbarn vergleichst, merkt man schon, dass sie anders sind. Ich meine schau dir mal Mom und Dad an, wie sie sich verhalten. Sie sind auf einmal so gesprächig und tun so, als würden sie die Leute schon hundert Jahre kennen. Findest du es nicht komisch?", erkundigte sie sich bei mir.

Wenn man so darüber nachdachte, war es wirklich merkwürdig. Die Leute wussten schon wie wir heißen und was wir in Manchester gemacht hatten.

„ Du hast recht! Das ist wirklich mysteriös. Sie wussten ja schon, wer wir sind. Vielleicht kennen sie unsere Eltern schon und unsere Eltern kennen sie schon.", stimmte ich ihr zu .

Auf einmal klingelte das Handy von Sabrina. Es war ihr Freund und sie ging nach Hause. Jetzt stand ich alleine an der Hauswand und schaute auf meinen Teller mit Pommes. Plötzlich kam Alexander zu mir und sprach mich an.

„ Hey. Ich bin Alexander. Ich habe dich hier alleine stehen sehen, deshalb dachte ich, dass ich mal zu dir gehe, um einfach mit dir zu reden, bevor du dich hier langweilst", sagte Alexander.

„ Hi, ich bin Milena und ich war nicht die ganze Zeit allein. Meine Schwester war bei mir, aber jetzt telefoniert sie mit ihrem Freund.", ließ ich ihn wissen.

„ Wie findest du Dreamcity bis jetzt so?", fragte er mich.

„ Merkwürdig.", antwortete ich mit nur einem Wort.

„ Das verstehe ich. Ich war echt überrascht, als ich gehört habe, dass jemand nach Dreamcity hinziehen möchte.", sagte er mit einer wirklich überraschenden Stimme.

„Was? Das verstehe ich nicht.", fragte ich verwundert.

„ Niemand zieht nach Dreamcity. So etwas hat es bis jetzt noch nie gegeben. Ihr seid die ersten.", antwortete er freundlich.

„ Ich verstehe es immer noch nicht. Kannst du es mir erklären?", fragte ich ihn, obwohl ich es eigentlich nicht mag so viel mit fremden Leuten zu reden. Aber das hat mich wirklich sehr interessiert.

„ Diese Stadt ist magisch. Es passieren die unmöglichsten Sachen hier.", sagte er.

Gerade als ich ihn etwas fragen wollte, bekam seine Mutter von unserem Gespräch etwas mit und sie rief ihn zu sich. Das verwunderte mich etwas. Ich hatte aber nicht viel Zeit verwundert zu bleiben, da meine Eltern kamen und wir dann nach Hause gegangen sind. Ich bin direkt in mein Zimmer gegangen und wollte im Internet über Dreamcity nachgucken. Ich öffnete meinem Laptop und schaute nach. Doch im Internet stand nichts über Dreamcity. Das war sehr fragwürdig in meinen Augen. Was wollen meine Eltern ausgerechnet hier? Kennen sie wirklich alle diese Leute hier? Welcher Zauber lag über Dreamcity? Verheimlichten meine Eltern meiner Schwester und mir etwas? Ich lag im Bett und konnte nicht aufhören über diese Fragen und die kurze Unterhaltung mit Alexander nachzudenken. Trotz dieser ganzen Gedanken schaffte ich es tatsächlich einzuschlafen.

Kapitel 2

Am nächsten Morgen zog ich mich an und ging nach unten in die Küche. Auf dem Tisch lag ein Zettel. Dieser war von meinen Eltern.

Guten Morgen Natalia und Milena,

euer Dad und ich sind zu einem wichtigen Termin, wegen unseres Hotels gefahren. Wir kommen nachmittags wieder. Auf dem rosa Teller befinden sich leckere Pfannkuchen. Bedient euch gerne. Wir sehen uns dann später.
In liebe Mom.

Ich konnte es nicht glauben, dass sie schon am zweiten Tag unserer Anreise einen wichtigen Termin hatten. Sie verheimlichten bestimmt etwas, aber was nur? Das war wirklich eigenartig. Ich war so in meinen Gedanken vertieft, dass ich absolut nicht merkte, dass meine Schwester mit mir sprach.

„ Milena? Geht es dir gut?", fragte sie mich.

„Äh. Soweit ja. Mom und Dad haben einen wichtigen Termin, deshalb sind sie schon weg. Mom hat für uns Pfannkuchen gemacht.", antwortete ich, während ich noch etwas in meinen Gedanken vertieft war.

„Mmmh! Lecker Pfannkuchen!", sagte sie glücklich.

„Das ist das einzige was du dazu sagst?", fragte ich sie entsetzt.

„Ja. Pfannkuchen sind doch lecker oder findest du es etwa nicht?", fragte sie mich.

„Natürlich sind Pfannkuchen lecker. Ich meine, dass

unsere Eltern schon nachdem zweiten Tag einen angeblichen wichtigen Termin haben. Findest du es etwa nicht komisch?", fragte ich sie mit einem fragenden Blick. „ Vielleicht haben sie wirklich einen wichtigen Termin. Woher willst du es wissen?", fragte sie mich genervt.

Ich war mir nicht sicher, ob ich ihr die kurze Unterhaltung mit Alexander über Dreamcity erzählen sollte oder nicht. Und dass man im Internet nichts über Dreamcity finden konnte.

Ich entschied mich dazu ihr nur zu erzählen, dass man im Internet nichts über Dreamcity finden konnte.

„ Vielleicht hat man einfach noch zu wenig Informationen über Dreamcity gesammelt. Schließlich ist Dreamcity eine kleine Stadt und auch nicht so bekannt wie Paris oder London.", meinte Sabrina.

Ich war etwas enttäuscht von Sabrina. Ich konnte sie nicht verstehen. Findet sie es etwa nicht komisch? Mache ich mir einfach unnötig Gedanken? Oder mache ich mir zu recht Gedanken? Nachdem ich paar Pfannkuchen so schnell wie möglich aß, ging ich in mein Zimmer und telefonierte erst einmal mit meiner aller besten Freundin Anna. Ich vermisste sie sehr. Ich erzählte ihr über das seltsame Verhalten meiner Eltern und über die Unterhaltung mit meinem Nachbarn Alexander. Sie machte mir Mut und machte mich für einen kleinen Moment wieder glücklich. Nachdem ich mit Anna telefonierte,überlegte ich mir, ob ich vielleicht nochmal mit Alexander sprechen sollte. Schließlich waren noch viele Fragen offen über Dreamcity. Aber nicht das er dann denkt, dass ich in ihn verliebt sei oder so. Von meinem Fenster aus sah ich das Haus von den Dokrus perfekt. Ich wartete die ganze Zeit bis Alexander rausging und ich

kurz danach. Genau in dem Moment sah ich, dass
Alexander aus dem Haus ging. Ich rannte die Treppe so
schnell wie ich nur konnte herunter und versuchte ganz
cool aus dem Haus zu gehen. Alexander bemerkte mich
und kam direkt zu mir. Das war genau mein Plan. Wir
begrüßten uns und er erzählte mir direkt über seine neues
Fahrrad, was er sich geholt hatte. Das Fahrrad war
schwarz mit einer silbernen Schrift drauf.
„ Schönes Fahrrad!", machte ich ihm ein Komplement.
Er bedankte sich und wollte weiter über sein neues
Fahrrad erzählen, doch ich unterbrach ihn, denn ich wollte
schließlich paar Antworten über Dreamcity kriegen.
„ Ich würde gerne mehr über Dreamcity erfahren.
Könntest du mir mehr darüber erzählen, bitte ?", fragte ich
ihn sehr höflich.
„ Unsere letzte Unterhaltung kann dir wohl nicht mehr aus
dem Kopf gehen, oder?", fragte er neugierig nach.
Ich wusste nicht, ob ich jetzt „Ja" oder „Nein" sagen
sollte, schließlich kannte ich den Typen ja kaum. Vielleicht
wollte er mich auch nur veräppeln? Ich entschied mich
aber doch die Frage mit Ja zu beantworten, denn ich
glaubte trotzdem, dass hier irgendetwas faul in der Stadt
war.
„ Ich kann dir sogar sehr viel über Dreamcity erzählen,
wenn du möchtest.", schlug Alexander vor.
„ Auf jeden Fall. Das wäre sehr nett von dir!", schrie ich
vor Freude.
Na ja, vielleicht war es etwas übertrieben, dass ich vor
Freude schrie, aber ich war sehr glücklich, dass er mir jetzt
alles über Dreamcity erzählen würde. Jetzt werde ich
endlich mehr über diese mysteriöse Stadt erfahren.
„ Wie wäre es, wenn wir etwas spazieren gehen, dann kann

ich dir die Stadt zeigen und zu gleich dir alles über die magische Stadt erzählen. Ist das ein guter Vorschlag?", fragte er mich mit einem stolzem Blick.

„ Warum nicht.", antwortete ich ihm.

Ich kannte nämlich absolut nichts hier in dieser Stadt und so würde ich ja auch etwas von dieser magischen Stadt, wie Alexander es nannte, sehen. Ich war sehr gespannt, was mir Alexander alles zeigen und vor allem erzählen würde, denn das war ja das wichtigste und auch letztendlich mein Ziel. Wir waren den ganzen Nachmittag unterwegs. Alexander zeigte mir die beliebtesten Plätze von Dreamcity. Er zeigte mir die schönsten Häuser, besten Restaurants, Einkaufszentren, den magischen See, wie sie ihn hier in Dreamcity nannten. Der See wird als magischer See bezeichnet, weil angeblich der Gründer Paul Schnieder im See badete und er dadurch Magie bekam, mit der er dann diese Stadt gründete. Ich konnte es aber irgendwie nicht so ganz glauben. Wahrscheinlich lag es daran, dass ich eigentlich nicht an Magie und irgendwelchen magischen Kräfte glaubte. Alexander zeigte mir auch noch die ganzen Denkmäler hier. Alle Denkmäler waren bunt und hatten unterschiedliche Größen. Das hat mich sehr fasziniert. Ich habe nämlich noch nie so schöne und bunte Denkmäler zu vor in meinem Leben gesehen. Zum Schluss wo mich Alexander noch hinführte, war der riesige Marktplatz. Auf dem Marktplatz gab es die alle möglichsten Stände. Es gab Obst- und Gemüsestände, Fleisch- und Fischstände, mehrere Kleiderstände und noch viele mehr. Bis jetzt fiel mir nichts merkwürdiges hier auf. Für mich schien hier irgendwie alles relativ normal zu sein, außer dass die Stadt sehr gerne Farbe mochte, aber was war daran auch so schlimm eigentlich. Mit mehr

Farbe sah alles viel fröhlicher aus, dachte ich mir. Doch das normale für was ich die Stadt gerade anfing zuhalten, hielt nicht für lange an. Plötzlich liefen paar Leute mit schwarzen Umhängen vorbei und verteilten Flyer. Auch Alexander und ich bekamen ein Flyer von einem dieser Leute.

Bald wird eine neue Königin regieren. Freut euch schon, denn sie ist die mächtigste aller Zeiten und sie kann mit der Magie von dieser Stadt viel besser umgehen, als Schnieder es jemals tat. Sie wird Dreamcity zur besten Stadt der Welt machen.

„ Die Typen sehen mit ihren Umhängen echt gruselig aus.", sagte ich zur Alexander.
„ Das sind die Anhänger von der neuen Königin.", sagte er
„ Königin? Dreamcity hat eine Königin?"; fragte ich überraschend.
„ Ja, wir haben eine Königin. Seit Schnieder haben wir Königinnen oder Könige. Die letzte Königin ist leider verstorben und jetzt wird in 2 Tagen die neue Königin Tarila gekrönt.Viele sind aber gegen sie. Es wird gemunkelt, dass sie die Magie von Schnieder missbrauchen wird und dem Volk, damit nur schaden wird.", erzählte er mir mit etwas beunruhigter Stimme.
Ich dachte echt, dass ich mich verlesen habe, als ich das Wort Magie las, aber anscheinend habe ich mich doch nicht verlesen. Diese Stadt war echt magisch.
„ Diese Stadt ist also wirklich magisch. Warum haben dann nicht alle Menschen hier Magie, wenn diese Stadt doch so magisch ist?"; fragte ich interessiert nach.

„ Nun ja. Vor vielen hundert Jahren besaß jeder einzelne von uns Magie. Doch die Leute haben ihr Magie gegeneinander ausgespielt und als sie mit der Magie fast sich alle selbst zerstört hätten, entschloss Schnieder die Macht nur an die Könige und Königinnen weiterzugeben.", erklärte er mir.

Ich war mir immer noch nicht so ganz sicher, ob ich ihm es glauben sollte oder nicht. Es klang in meinen Augen einfach nicht möglich. Magie gibt es doch nicht, oder etwa doch?

Jetzt dachte ich, dass er mir noch mehr über die Magie erzählen würde, doch leider als ich ihn weiter Fragen stellen wollte, tauchte seine Mutter auf. Das war genau wie beim Grillfest, als wüsste sie, dass ich Alexander über die Magie hier in Dreamcity befragen möchte. Leider musste er seiner Mutter mit ihren Einkäufen helfen.

Enttäuscht ging ich alleine nach Hause mit einer Stadtkarte, denn ich war wirklich eine Niete, was Orientierung betraf. Als ich wieder nach Hause kam, saßen meine Eltern mit einem Typen, der genau so einen schwarzen Umhang anhatte, wie die auf dem Marktplatz, am Tisch und sie besprachen etwas. Leise schlich ich mich zur Wohnzimmertür und versuchte mitzukriegen, über was sie sprachen. Doch genau als ich zuhören wollte, war ihr Gespräch beendet. Ich rannte schnell in die Küche, damit sie mich nicht erwischten, dass ich sie belauschen wollte.

„ Hallo Milena. Wie war dein Tag?", fragte mich meine Mutter, als sie in die Küche kam und mich sah.

„ Ganz gut. Ich habe Dreamcity etwas erkundet.", sagte ich.

„ Das hört sich super an. Wie gefällt dir Dreamcity bis jetzt?", erkundigte sich meine Mutter neugierig.

„ Um ehrlich zu sein etwas komisch. Aber wer war dieser Mann mit dem schwarzen Umhang gerade eben?", fragte ich sie mit einem interessierten Blick.

Meine Mutter überlegte für einen kurzen Moment und dann gab sie mir eine nicht so glaubwürdige Antwort.

„ Er war nur der Immobilienmakler, der uns bei der Hotelsuche geholfen hat.", antwortete sie sehr nervös und schnell.

„ Seit wann tragen Immobilienmakler einen schwarzen Umhang, damit man sie nicht sieht?", fragte ich sie mit etwas ernster Stimme.

„ In Dreamcity ist alles möglich.", sagte sie und verließ schnell die Küche, weil sie angeblich noch etwas wichtiges zu erledigen hatte. Mir war klar, dass meine Mutter mich gerade angelogen hatte. Ich werde auf jeden Fall herausfinden, wer dieser Mann war und was meine Eltern Sabrina und mir verheimlichten. Ich hatte in meinem Leben schon so viele Detektivfilme und Kriminalfilme geschaut, dass ich jetzt eine Expertin war, was das Lösen von Fällen betraf. Ich war sehr sauer auf meine Eltern, dass sie mich angelogen hatten, deshalb beschloss ich mir ein Sandwich zu machen und in meinem Zimmer alleine zwischen den ganzen Umzugskartons zu essen. Ich konnte meine Eltern heute nicht mehr sehen und ich wollte sie auch nicht sehen, weil ich es einfach nicht verstand, wie sie sich benahmen und was sie so geheimnisvolles vor mir verschwiegen. Nachdem ich gegessen hatte, dachte ich, dass es nicht schlecht wäre, wenn ich mal meine ganzen Sachen aus den Umzugskartons raushole. Ich musste mich nämlich irgendwie ablenken und das konnte ich nur mit meiner Musik und dabei meine ganzen Kleidungsstücke und

Andenken zu sortieren und sie dann an einem passenden Platz zu platzieren. In einer von vielen Kartons entdeckte ich ein Fotoalbum. Ich setzte mich auf mein Bett und schaute mir das Fotoalbum an. In diesem Moment als ich mir die ganzen Fotos von meinen Freunden, meinen Eltern, wo meine Eltern sich noch nicht komisch verhielten, meiner Schwester, von Manchester und natürlich von mir selbst ansah, kamen die ganzen Erinnerungen hoch und ich fing an zu weinen. Ich vermisste unser altes Leben sehr. Ich vermisste meine Freunde, die schöne Stadt in der ich groß geworden war und das alte Verhalten meiner Eltern, wo sie sich nicht mysteriös verhielten. Das einzige was ich nicht vermisste, war meine Schule. Eigentlich mochte ich es in Manchester in die Schule zu gehen bis ich dann zwei furchtbare Lehrer bekam, die mir mein Schulleben zur Höhle machten, seit diesem Moment an, hasste ich es in die Schule zu gehen. Nachdem ich aber etwas geweint hatte, ging es mir schon besser. Vielleicht hatte ich es ja auch gebraucht, um mich etwas leichter zu fühlen. Als ich auf einmal die Uhr anschaute, bemerkte ich, dass wir schon Mitternacht hatten. Ich war so bei der Sache, die ganzen Kartons auszupacken und habe dabei gar nicht gemerkt, dass wir schon Mitternacht hatten. Ich habe vier Stunden gebraucht um meinen ganzen Kram an die richtige Stelle zu platzieren. Doch eine Sache wusste ich noch nicht so ganz, wo ich es platzieren sollte und ob überhaupt. Es war ein Familienfoto. Wollte ich das Bild wirklich aufhängen, damit ich sehe, wie glücklich ich früher war, wo meine Eltern noch ehrlich zu mir waren oder sollte ich es doch lieber erst mal in den Schrank legen und warten bis vielleicht meine Eltern mir doch die Wahrheit sagten. Aber wie ich sie die zwei Tage erlebt habe, werden sie mir bestimmt nicht die Wahrheit sagen, sondern ich muss sie herausfinden. Aber wo soll ich genau beginnen und wie? Ich glaube, dass ich jetzt erst mal schlafen gehen werde und mir später darüber dann Gedanken machen sollte. Vielleicht werde ich noch mehr Detektivfilme anschauen müssen und ich muss auf jeden Fall noch mit Alexander sprechen. Er musste mir noch vieles erzählen, was hier alles in Dreamcity so vorging. Es gingen zwei Tage vorüber und ich sprach immer noch nicht viel mit meinen Eltern. Ich war immer noch sehr sauer auf sie, vor allem auf meine Mutter, dass sie mir nicht die Wahrheit sagte. Sie log mich einfach eiskalt an und das noch sehr auffällig. Meine Mutter konnte noch nie gut lügen. Auch Alexander habe ich in den zwei Tagen nicht gesehen. Ich überlegte, ob ich ihn vielleicht besuchen sollte, aber was wenn er mich nicht mochte oder mich komisch fand. Das war mir aber egal. Ich hatte nämlich keine Interesse an Alexander, obwohl er sympathisch war, aber das hatte nichts zu bedeuten. Ich beschloss heute mal mein Zimmer zu verlassen und zu Alexander zu gehen. Ich musste ihn befragen, was hier alles so vor sich ging. Doch bevor ich rausgehen konnte, hielt mich meine Schwester Sabrina auf.

„Du hast dein Zimmer endlich mal verlassen nach diesen zwei Tagen. Wohin willst du?", fragte mich meine Schwester mit einem neugierigen Blick.

Ich wusste, dass sich mich das fragen würde. Ich konnte ihr aber nicht sagen, dass ich zu Alexander gehen wollte, oder? Sonst würde sie ja denken, dass ich mich in ihn verliebt hätte, oder so etwas ähnliches. Aber vielleicht wusste sie schon mehr über Dreamcity und was unsere

Eltern uns verheimlichten, dachte ich mir. Sollte ich mit ihr als erstes sprechen, bevor ich zu Alexander ging. Ich überlegte für einen kurzen Moment und entschied mich doch erst mal zu Alexander zu gehen. Ich vermutete, dass er mehr wusste, als meine Schwester, letztendlich lebt er hier sein ganzes Leben lang. Also log ich meine Schwester an und behauptete, dass ich nur ein Spaziergang machen würde. Als sie mich wieder in Ruhe ließ, lief ich zu Alexander´s Haus rüber und klingelte bei ihm. Seine Mutter öffnete mir die Tür und fragte mich mit wütender Stimme, was ich hier wollte. Wie ich diese Frau absolut nicht leiden kann. Sie sagte zu mir, dass Alexander keine Zeit hat, weil er sich die Krönung der neuen Königin heute anschaut. Die heute in genau einer Stunde statt findet. Ich vergaß die Krönung komplett in den zwei Tagen. Wie konnte ich es nur vergessen. Ich musste auf jeden Fall dahin. Ich rannte direkt nach Hause und fragte meine Schwester, ob sie mit mir zur Krönung mitkommen möchte. Alleine wollte ich nicht so gerne gehen, da ich mich alleine nicht wohlfühlte bei so vielen Menschen umgeben zu sein. Auf den Weg dort hin, erzählte mir meine Schwester, dass auch unsere Eltern dort waren und sich die Krönung anschauen wollten. Was wollten sie dort? Hatte es etwas mit diesem einen Anhänger der Königin zu tun? Ich werde es sehen. Eine wichtige Frage, die ich meine Schwester unbedingt stellen wollte, war wie sie über die Magiegeschichten hier dachte und über das komische Verhalten unserer Eltern, deshalb entschloss ich mich sie zu fragen.

„ Ich muss dich dringend etwas fragen. Was denkst du über die angebliche Magie hier und über unsere Eltern, die in meinen Augen nicht wieder zu erkennen sind?", fragte ich sie mit einer etwas ernsteren Stimmlage.

Sabrina musste kurz überlegen. Vielleicht war ihr das auch völlig egal. Wer wusste das schon? Unser Verhältnis war schwierig, würde ich sagen. Wir hassten uns eigentlich und machten fast nichts zusammen. Ich würde sagen, dass wir uns eher aus dem Weg gingen. Aber dann gab es doch paar Momente, wo wir zusammen hielten, zum Beispiel als wir hierher ziehen mussten, hatten wir bis zum Ende zusammengehalten und dagegen quasi demonstriert. Wir wollten beide nämlich absolut nicht hierherziehen. Möglicherweise hat sie von nichts mitbekommen. Ich hatte ja keine Ahnung, da wir fast kaum miteinander redeten. Nach gefühlten zwei Minuten konnte sie endlich antworten und ihre Antwort kam für mich sehr unerwartet.

„ Ich finde es ist schwer zu sagen. Du weißt bestimmt mehr über diese Stadt als ich, so wie ich dich kenne. Als ich mitbekommen habe, dass eine Königin mit Magie gekrönt wird, war ich sehr überrascht und konnte es nicht glauben, dass jemand überhaupt Magie besitzt. Verstehst du? Über die Stadt selbst kann ich nichts sagen, weil ich bis jetzt fast nur zuhause war und mein Zimmer schön dekoriert und mit meinem Freund telefoniert habe. Ich vermisse ihn so sehr.", antwortete sie mir und unterdrückte eine Träne als sie ihren Freund erwähnte.

Sie hatte mit mir noch nie so ehrlich geredet wie gerade eben. Jetzt war ich noch gespannt, was sie über unsere Eltern denkt und ob sie was weiß.

„ Und jetzt zu der Frage über unsere Eltern. Ich rede mit ihnen nicht so viel. Das weißt du, aber mir ist schon aufgefallen, dass sie viel öfter weg sind und das für eine längere Zeit. Und paar Mal habe ich sie lächelnd mit unseren Nachbarn gesehen, wie sie sich umarmten und

eine Frau zu ihr sagte, dass sie unsere Mutter vermisst hat und sie jetzt glücklich ist, dass sie wieder da ist. Ich muss dir sagen, dass ich es sehr merkwürdig fand.", sagte sie.
„ Hast du dann Mom gefragt, wer diese Frau war?", fragte ich sie gespannt.
„ Nein. Das ist Mom´s Sache , dachte ich mir und habe meine Sachen weiter gemacht.", sagte sie zu mir.
Und das war typisch meine Schwester. Sie interessiert sich für absolut gar nichts.
Trotzdem hatten mir ihre Erzählungen weitergeholfen.
Dann kamen wir endlich am Marktplatz an. Es war ein sehr großer Platz, wo schon bereits sehr viele Leute standen und auf die Königin warteten. Sabrina und ich suchten uns einen guten Platz, wo wir einen ausgezeichneten Ausblick hatten. Ich schaute auf die vielen Menschen und versuchte unsere Eltern zu finden. Doch ich sah sie nirgends und auch Alexander nicht. Nicht dass das so wichtig wäre. Plötzlich spielte Orchestermusik und es liefen die Anhänger der Königin vor und dann die Königin selbst. Die Königin war relativ klein, hatte bunte Haare und schaute grimmig. Sie machte mir keinen freundlichen Eindruck, wie eine Königin eigentlich sein sollte. Außerdem trug sie ein schwarzes, düsteres Kleid. Viele Leute schrien vor Freude und freuten sich auf die neue Königin Tarila. Auf einmal fasste mich jemand von hinten an die Schulter. Ich drehte mich mit einem Schrecken um und sah, dass es Alexander war. Ich freute mich irgendwie, denn ich habe ihn zwei Tage lang nicht gesehen. Zu dritt schauten wir uns die Zeremonie der Königin an. Die Zeremonie dauerte genaue eine Stunde. Zum Schluss zauberte die Königin einen schönen und riesigen Regenbogen. Ich hatte davor noch nie so einen

klaren und schönen Regenbogen über mir gesehen. Es war traumhaft schön. Als dann die Zeremonie zu Ende ging, schrie die Hälfte des Volkes vor Freude und die andere Hälfte demonstrierte gegen die Königin, darunter auch Alexander. Ich selber wusste noch nicht, was ich über die Königin denken sollte, schließlich habe ich erst vor zwei Tagen über sie gehört. Mir machte sie aber einen sehr unsympathischen und bösen Eindruck. Was wohl meine Eltern über die Königin dachten? Ich musste sie auf jeden Fall mal fragen. Nach der Zeremonie gingen meine Schwester, Alexander und ich nach Hause. Alexander war immer noch sehr wütend, das Tarila, die neue Königin, geworden ist. Er konnte es immer noch nicht glauben und auch nicht verstehen.

„Jetzt werden wir ein großes Problem haben.", sagte er zur Sabrina und mir.

„Was für ein großes Problem?", fragten meine Schwester und ich gleichzeitig.

„Königin Tarila möchte nur mehr Macht bekommen und sie auch ausspielen. Manche behaupten auch, dass sie sogar die ehemalige Königin vergiftet hat und sie nur wegen ihr gestorben sei.", erzählte Alexander uns.

„Glaubst du, dass es wirklich stimmt?", fragte Sabrina ihn.

„Ich könnte es mir sehr gut vorstellen, dass Tarila die ehemalige Königin vergiftet hat. Angeblich wollte sie schon immer Königin werden, doch niemand wollte sie als Königin haben. Es gibt nämlich viele andere, die besser mit der Magie umgehen können als sie und das hat ihr nicht gefallen. In der Woche als die Königin starb, kamen eigentlich vier andere als Königin und König in Frage. Doch auf einmal waren alle vier verschollen. Niemand hatte sie in der letzten Woche gesehen. Man geht davon aus, dass Tarila etwas damit zu tun hat, wie mit dem Tod der Königin.", erzählte er weiter.

Sabrina und ich hörten Alexander gespannt zu und waren schockiert, was er uns gerade erzählte. In meinem Kopf wirbelten sich nur zwei Fragen herum, wie bekommt man eigentlich Magie und wie wird die Königin auserwählt. Ich beschloss Alexander meine zwei Fragen zu stellen. Dann werde ich es höchst wahrscheinlich besser verstehen als gerade, hoffte ich.

„ Kommen wir erst mal zu der Frage, wie man Königin wird und dann wird auch direkt deine zweite Frage beantwortet. Schnieder, der wie du bereits weißt die Magie entdeckt hat, sucht sich immer vier Auserwählte aus. Nachdem er sich entschieden hat, bekommen die vier Magie und üben die Magie zu beherrschen. Nach ungefähr zwei Wochen müssen die Auserwählten eine Prüfung ablegen und wer am besten die Prüfung abgelegt hat, wird König oder Königin.", beantwortet er meine zwei Fragen.

„ Du hast echt viel Ahnung davon. Man könnte meinen, dass er dich auch schon mal auserwählt hat.", sagte ich ohne nachzudenken.

Alexander wurde etwas Rot im Gesicht und nickte.

„ Was? Du wurdest schon mal auserwählt. Das war bestimmt eine tolle Erfahrung für dich, oder?", fragte ich ihn begeistert.

„ Ja, das war es.", antwortete er.

Ich wusste nicht, ob ich ihn noch mehr fragen darüber stellen sollte. Er machte mir nicht so ein glücklichen Eindruck mir darüber etwas zu erzählen. Ich wollte aber doch so gerne wissen, wie es ist Magie zu haben, sei es auch für eine nicht so lange Zeit. Ich konnte es nicht aushalten und fragte ihn mit wirklich sehr interessierter Stimme, wie es war Magie zu besitzen. Doch das war ein Fehler, wie ich dann merkte.

„ Das kann dir doch egal sein. Du musst nicht alles wissen.", sagte er wütend und ging weg.

Alleine lief er wütend und aggressiv einen komplett anderen Weg als wir. Hätte ich doch lieber meinen Mund gehalten und es ihn nicht gefragt, aber nein ich musste es natürlich fragen. Aber sein Verhalten ist auch nicht gerade toll gewesen. Er hätte sich auch anders verhalten können. Er hätte mir nur sagen müssen, dass er es nicht erzählen möchte. Ich hätte es verstanden. Ich bin ja kein kleines Kind mehr. Enttäuscht von Alexander und etwas von mir selbst, ging ich mit meiner Schwester weiter nach Hause. Ich war echt froh als wir wieder zuhause waren. Ich wollte nicht mal meine Eltern fragen, was sie über die Königin dachten, denn ich war einfach nur müde und enttäuscht. Ich rannte direkt in mein Zimmer und legte mich auf mein Bett und dachte die ganze Zeit nach. Hatte ich die ganze Zeit Alexander mit meiner Fragerei genervt? Ist er jetzt sauer auf mich? Obwohl eigentlich müsste ich doch sauer auf ihn sein, wie er sich vorhin verhalten hatte, oder? So viele Gedanken kamen in meinem Kopf und wollten nicht gehen. Ich konnte nicht aufhören über Alexander nachzudenken. Ich hoffte einfach auf einen besseren Tag morgen und versuchte zu schlafen. Doch als ich gerade kurz vorm einschlafen war, klingelte es an der Tür. Ich hörte eine bekannte Stimme. Es war die Stimme von Alexander´s Mutter. Was will sie den hier so spät? Wir hatten nämlich schon 23.00 Uhr. Leise schlich ich mich zur Treppe und belauschte meine Mutter und Alexander´s Mutter. Sie unterhielten sich über die Zeremonie der neuen

Königin. Beide waren sehr glücklich, dass Tarila Königin geworden war.

„ Jetzt ist der Moment gekommen auf den wir schon lange gewartet haben.", sagte Alexander´s Mutter.

Was für ein Moment? Was haben die beiden geplant? Arbeiten sie mit der Königin zusammen? Das war sehr seltsam. Leider habe ich nicht erfahren, was für ein Plan, die beiden hatten. Stattdessen habe ich aber herausgehört, dass sich die beiden morgen auf dem Marktplatz mit paar Anhängern von der Königin um 15.00 Uhr treffen wollten. Ihr Gespräch war relativ kurz. Sie unterhielten sich ungefähr 5 Minuten. Leise schlich mich wieder auf Zehenspitzen in mein Zimmer und dachte mal wieder nach. Na toll, dabei wollte ich doch schlafen. Sollte ich Alexander davon erzählen? Es war schließlich auch seine Mutter, die etwas vorhatte mit meiner Mutter. Aber er war bestimmt noch sauer auf mich.

Kapitel 3

Ich öffnete meine Augen und es war hell. Ich bin tatsächlich doch noch irgendwie eingeschlafen. Ich stand auf und wollte erst mal essen. Mir fiel ein, dass ich gestern absolut nichts zum Abend gegessen hatte. Mit einem großen Hunger betrat ich die Küche und machte mir zwei Sandwichs. Meine Mutter saß am Tisch und aß schon ihren gesunden Haferbrei.

„ Guten Morgen Milena. Hast du gut geschlafen?", fragte sie mich.

„ Ja", log ich sie an.

Ich war immer noch sehr müde vom gestrigen Tag, von den Gedanken und dem Gespräch zwischen meiner Mutter und

Alexander´s Mutter. Was ich so mitbekam beim Gespräch war, dass meine Mutter die Königin wahrscheinlich mochte. Trotzdem wollte ich es nochmal hören und deshalb entschied ich mich sie zu fragen.
„ Wie findest du eigentlich die neue Königin Tarila?",
fragte ich.
„ Ich finde sie gut und ich glaube, dass sie die perfekte Königin für Dreamcity ist.", antwortete mir meine Mutter.
„ Ich finde Tarila hat es nicht verdient Königin zu sein.",
provozierte ich sie mit der Aussage.
„ Wieso denkst du das? Ich meine du kennst Dreamcity nicht richtig.", sagte sie.
Ich war sauer auf meine Mutter, weil sie höchst wahrscheinlich sogar mit der Königin zusammen arbeitete. Ich meine ich erkenne sie fast nicht mehr wieder. Sie hat sich extrem verändert.
„ Ich muss jetzt leider schnell weg ins Hotel. Wir sehen uns dann später.", sagte meine Mutter und ging zur Tür.
Mir fiel auf, dass unsere Eltern ihr Hotel meiner Schwester und mir bis jetzt noch nicht gezeigt hatten und wir sind hier schon etwas länger als eine Woche. Das ist schon wirklich verdächtig. Ich beschloss mit dem Fahrrad meiner Mutter hinterherzufahren . Doch leider verlor ich sie vor einer Kreuzung aus den Augen. Ich war sauer auf mich selbst. Enttäuscht fuhr ich mit meinem Fahrrad wieder nach Hause. Ich stellte mein Fahrrad ab und ich sah wie Alexander, von der gegenüberliegenden Straße zu mir herüberlief. Ich wusste nicht wie ich mich verhalten sollte. Sollte ich sauer auf ihn sein oder so tun als wäre nichts passiert und ich alles schon vergessen hätte?
„ Hey Milena. Ich hoffe es geht dir soweit gut. Ich wollte mich bei dir entschuldigen für mein Verhalten gestern. Ich

hätte nicht so reagieren dürfen, denn du hast nur eine normale Frage gestellt und ich habe einfach überreagiert. Das kommt nicht mehr vor. Versprochen!,", entschuldigte er sich bei mir.

Ich war sehr glücklich, dass zwischen uns wieder alles in Ordnung war.

„ Und es tut mir leid, dass ich dich mit meiner Fragerei genervt habe.", entschuldigte ich mich bei ihm.

„ Wenn du willst kann ich dir meine Erfahrung und Geschichte erzählen als ich auserwählt wurde. Ich bin bereit dazu. Aber am besten ist es, wenn wir es nicht draußen besprechen.", sagte er zu mir.

Zusammen gingen wir zu mir nach Hause, denn meine Eltern waren weg, wo auch immer sie waren und meine Schwester interessierte es sowieso nicht. Wir setzten uns ins Wohnzimmer und er fing an zu erzählen.

„ Vor zwei Jahren wurde ich auserwählt von Paul Schnieder, aber wahrscheinlich nur, weil meine Mutter sehr viel Positives über mich erzählt hatte. Sie wollte nämlich, dass ich König werde. Es war ihr völlig egal, dass ich erst 15 Jahre alt war und eher andere Sachen machen wollte. Als ich dann im Palast war mit den anderen drei Auserwählten bekamen wir Magie. Doch mich interessierte die Magie nicht so sehr , sowie die Prüfung, deshalb habe ich nicht viel gelernt und auch die Prüfung nicht bestanden. Seit diesem Zeitpunkt ist das Verhältnis zwischen meiner Mutter und mir kompliziert.", erzählte er mir.

In diesem Moment merkte ich, dass er ehrlich zu mir war und mir vertraute. Ich fühlte mich sehr wohl in seiner Nähe und ihm einfach nur zu zuhören. Ich selber fühlte mich seit langem nicht mehr so wohl wie heute mit

Alexander.

„ Es tut mir sehr leid, wie das Verhältnis mit deiner Mutter ist.", sagte ich.

„ Ich habe mich daran schon gewöhnt. Sie lebt ihr Leben und ich meins.", sagte er zu mir.

Wir unterhielten uns noch etwas, auch über andere Themen und ich erzählte ihm vieles über mich und er über sich. Erst heute lernten wir uns richtig kennen. Plötzlich fiel mir ein, dass meine Mutter sich mit Alexander´s Mutter in einer Stunde auf dem Marktplatz treffen wollte. Aus diesem Grund erzählte ich Alexander alles, was ich am gestrigen Abend mitbekam. Nachdem ich es ihm erzählte, fuhren wir mit unseren Fahrrädern zum Marktplatz. Wir schlossen unsere Fahrräder ab und suchten, wo unsere Mütter waren. Nach zwei Minuten fanden wir sie. Die beiden standen mit einem Anhänger von der Königin dar und unterhielten sich. Leise versteckten wir uns hinter einem Marktstand und belauschten sie. Ich konnte es nicht fassen, was ich mit meinen eigenen Ohren hörte. Die beiden haben die eigentlichen Auserwählten entführt, damit Tarila Königin werden konnte. Alexander und ich schauten uns gegenseitig fassungslos an. Wir waren beide sehr entsetzt von unseren Müttern. Alexander und ich beobachteten sie weiter. Plötzlich gab der Anhänger von der Königin unseren Müttern zwei schwarze Umhänge und sie gingen in den Palast. Meine Mutter war also eine Anhängerin von der Königin. Ich war einfach nur schockiert und wütend, dass meine Mutter mich die ganze Zeit anlog und mir irgendetwas von einem Hotel erzählte, das wahrscheinlich nicht mal existierte. Alexander und ich kauften uns eine Kleinigkeit zum Essen und fuhren wieder nach Hause. Wir waren immer noch sehr überrascht. Alexander war sehr wütend auf seine Mutter, da er kein Fan von Tarila war. Ich versuchte ihn etwas zu beruhigen und ihn abzulenken. Ich erzählte Alexander paar lustige Geschichten von meinen Freunden und mir, worauf wir beide anfingen zu lachen und dann erzählte er mir paar lustige Geschichte über sich. Dann schauten wir uns in die Augen und Alexander kam näher zu mir, so dass ich sein Atem spürte. Mein Herz pochte sehr stark und plötzlich küssten wir uns. Dann schauten wir uns wieder an und er entschuldigte sich bei mir für den Kuss. Ich muss sagen, dass der Kuss zwar überraschend kam, aber ich habe ihn sehr genossen. Ich entschloss mich ihn noch einmal zu küssen. Wir fühlten uns beide sehr sehr wohl zusammen. Dann unterhielten wir uns noch ein bisschen und dann kam schon meine Mutter nach Hause und Alexander ging schnell durch unseren Garten raus, denn meine Mutter sollte nichts davon mitbekommen, weil sie sonst vielleicht etwas ahnen könnte. Ich glaube, dass ich mich verliebt habe. Ich musste die ganze Zeit an unseren Kuss denken und als ich darüber nachdachte, schlug mein Herz sehr schnell und ich war glücklich und das wie schon lange nicht mehr, wie eben mit Alexander. Ich vergaß für einen kurzen Moment die Realität und dass meine Mutter eine Anhängerin der Königin war. Doch als dann meine Mutter in mein Zimmer kam, hatte ich wieder ein Bild vor den Augen wie meine Mutter mit Alexander´s Mutter mit ihren schwarzen Umhängen in das Schloss gingen.

„ Hallo Milena. Dein Vater und ich haben eine tolle Idee. Wie wäre es, wenn wir in ein Restaurant gehen und unsere Ankunft feiern. Das hätten wir eigentlich vor zwei Wochen tun sollen, aber wir waren so mit unserem neuen Hotel beschäftigt, dass wir keine Zeit hatten. Ich würde es gerne nachholen. Was hältst du davon?", fragte mich meine Mutter.

„Du warst wohl eher mit anderen Sachen beschäftigt, wie mit der Königin.", murmelte ich leise vor mir hin, so dass es meine Mutter nicht hören konnte.

„Von mir aus und dann kannst du Sabrina und mir euer Hotel zeigen, oder?", schlug ich extra vor um meiner Mutter eine Falle zu stellen.

„Unser Hotel ist noch nicht fertig, deshalb dachte ich, dass es sinnvoller wäre, es euch erst zu zeigen, wenn das Hotel fertig ist.", log meine Mutter mich an und ging aus meinem Zimmer.

Plötzlich bekam ich so ein Gefühl, dass meine Eltern überhaupt gar kein Hotel hier eröffnen wollten, sondern sie hatten einen anderen Plan. Aber nur welchen Plan? Auf dem Weg ins Restaurant dachte ich über viele Sachen nach. Je mehr ich aber nachdachte, desto mehr offene Fragen kamen dabei raus. Ich musste dringend meine Gedanken stoppen und mich etwas ablenken, weil ich langsam Kopfschmerzen bekam. Eins war mir klar. Ich musste mit meiner Schwester reden und ihr von den Ereignissen erzählen. Nach circa 15 Minuten kamen wir am Restaurant an. Das Restaurant hieß „Dream" und war ziemlich groß, modern und sah ziemlich edel aus. Es waren echt viele Leute im Restaurant, die etwas aßen und sich unterhielten. Vieler dieser Leute begrüßten unsere Eltern als würde sie die schon eine ganze Ewigkeit kennen. Meine Schwester und ich warfen uns gegenseitig einen fragwürdigen Blick zu und setzten uns an unseren Tisch. Wir saßen alle am Tisch und schauten uns die Menükarte an. Es gab so viele verschieden Gerichte, dass

ich mich gar nicht entscheiden konnte. Ich war echt eine Niete in Entscheidungen zu treffen. Ich kann mich nämlich nie entscheiden. Dies ist für mich immer eine Quälerei, insbesondere wenn es ums Essen geht. Nachdem wir bestellt hatten, schaute ich mir das Restaurant an. Auf einmal bimmelte das Handy von meiner Mutter und dann sagte sie in diesem Moment, dass sie sich nicht so gut fühle und sie nach Hause fährt. Ich habe ihr dann vorgeschlagen mitzukommen, aber mein Vater hat vorgeschlagen einen Vater-Töchter-Tag zu machen. Dann war meine Mutter auch schon weg. Das war sehr merkwürdig. Was stand in dieser Nachricht drinnen und von wem hat sie eine Nachricht bekommen? Was hat sie genau jetzt in diesem Moment vor? Mein Vater versuchte mich abzulenken. Doch das half nicht. Genau in dem Moment als ich ihn fragen wollte, was mit Mama los ist, kam das Essen. Ich entschloss mich dazu erst mal etwas leckeres zu Essen, Schnitzel und Pommes mit einer pinken Soße, die sehr gut geschmeckt hatte. Als wir dann im Auto saßen, fragte ich meinen Vater, ob meine Schwester und ich das Hotel sehen könnten. Mein Vater war überfordert mit der Frage und tat so als hätte er mich nicht gehört. Was ich wusste war, dass mein Vater echt schlecht lügen konnte. Aus diesem Grund hörte ich nicht auf ihm Fragen zu stellen. Meine Schwester verstand mein Vorhaben und unterstützte mich dabei. Also fingen wir beide an ihm Fragen zu stellen. Er versuchte immer von unseren Fragen abzuweichen oder tat so als hörte er unsere Fragen nicht bis es ihm dann zu viel wurde.
„ Also gut. Unser Hotel wird noch gebaut, deshalb können eure Mutter und ich euch das Hotel noch nicht zeigen. Ihr müsst euch noch etwas gedulden.", sagte mein Vater und

fuhr mit uns so schnell er konnte nach Hause.
Ich glaube ihm nicht. Irgendetwas stimmt hier nicht. Was
verbergen unsere Eltern bloß nur?
Zuhause angekommen ging mein Vater zügig ins
Arbeitszimmer und kam den ganzen Abend nicht mehr
daraus. Was für mich sehr überraschend war, dass meine
Mutter nicht zuhause war, obwohl sie zu uns gesagt
hatte,dass sie nach Hause fährt, weil es ihr nicht gut ging.
Ich ging zu meiner Schwester und erzählte ihr was ich bis
jetzt herausgefunden habe.
„ Du glaubst also wirklich, dass unsere Mutter etwas mit
der Königin zu tun hat?“, fragte mich meine Schwester
unglaubwürdig und schaute mich so an als wäre ich nicht
ganz normal.
„ Ich glaube es nicht nur, sondern ich weiß es. Du kannst
auch Alexander fragen, wenn du mir nicht glaubst. Er war
da bei. Und fandest du es nicht komisch, dass Mama
nachdem sie eine Nachricht bekam, dass sie direkt so tat
als würde ihr es nicht gut gehen. Und wo ist sie jetzt?
Mama und Papa verheimlichen uns etwas. Ich bin mir zu
einhundert Prozent sicher.“, erwiderte ich Sabrina.
„ Schon gut. Ich glaube dir. Aber was willst du tun? Ich
meine Mama und Papa lügen uns ja dann die ganze Zeit
an.“, sagte sie.
„ Ich weiß. Wir müssen sie beobachten, damit wir mehr
Details herausfinden können.“, sagte ich mit voller
Überzeugung.
„ Alles klar. Du bist eindeutig verrückt, aber das gefällt
mir. Ich bin dabei.“, stimmte sie mir zu.

Kapitel 4

Am nächsten Tag traf ich mich mit Alexander auf ein Eis. Er lud mich sogar ein. Ich erzählte ihm was gestern im Restaurant passiert war und die Sache mit dem Hotel von unseren Eltern. Was mich schockiert hatte, obwohl mir das eigentlich klar sein sollte, nach all den Lügen, die meine Eltern mir erzählt hatten, war, dass es in Dreamcity überhaupt keine Hotels gab. Der Grund dafür war, dass niemand hierherkam. Hier lebten tatsächlich nur die Dreamcitier, ausnahme wir, zumindest meine Schwester und ich. Ich fragte Alexander, ob er etwas über meine Eltern wüsste. Vielleicht sind sie sogar Einheimische?

„ Ich weiß nichts über deine Eltern. Woher denn auch? Aber eins kann ich dir sagen. Meine Mutter hat sich sehr gefreut, als sie erfahren hat, dass deine Eltern hierherziehen. Als sie dann euer Auto gesehen hat, dass ihr endlich da seid, wollte sie sofort vorbeikommen. Um ehrlich zu sein hat mich es ein bisschen verwundert. Ich selbst war überrascht, dass Leute von einer anderen Stadt hierherziehen und sie Dreamcity überhaupt kennen.",
erzählte er.

„ Also ist die Stadt sozusagen eine geheime Stadt von der fast niemand Bescheid weiß.", sagte ich und machte dabei einen fragenden Blick.

„ So ungefähr. Dreamcity ist die einzige Stadt mit Magie.", sagte er zu mir.

„ Am ersten Tag nach unserem kurzen Gespräch, habe ich versucht Dreamcity zu googeln, aber das war vergeblich.", berichtete ich ihm.

„ Das ist wahr. Es steht absolut nichts darüber im Internet und wird es auch nie.", sagte Alexander.

Ich konnte es immer noch nicht glauben, dass ich jetzt in dieser magischen Stadt wohnte, aber es war wahr. Auf dem

Weg nach Hause sahen wir beide die Königin Tarila mit meiner Mutter in einer Kutsche drinnen sitzen. Ich konnte es nicht fassen. Das war der Beweis. Es ist wirklich war. Meine Mutter arbeitete mit der Königin zusammen.

„Hat deine Mutter einen Schmetterling am Oberarm auf der Innenseite?", fragte er mich.

„ Ja. Woher weißt du es?", fragte ich ihn ahnungslos.

Alexander zeigte mir seine Innenseite vom Oberarm wo auch ein Schmetterling drauf war.

„ Wenn man geboren wird, kriegt man direkt ein schmerzloses Tattoo, damit wir wissen und zeigen können, dass wir aus Dreamcity kommen.", erzählte er.

Die ganze Zeit dachte ich nur, dass meine Eltern ein Partnertattoo sich machen lassen haben, aber das war nur eine Lüge. Schon wieder war ich enttäuscht von meinen Eltern. Anstatt dass ich es persönlich von meinen eigenen Eltern erfuhr, erfuhr ich es von Alexander, den ich erst seit zwei Wochen kannte. Plötzlich kamen mir die Tränen hoch und ich fing an zu weinen. Ich wollte einfach nur nach Manchester zurück und das Leben was ich früher hatte wieder haben. Alexander kam näher zu mir und versuchte mich zu trösten und tatsächlich hatte er es geschafft. Ich fing an wieder zu lächeln und dann gab er mir einen Kuss auf die Wange. Alexander war momentan der Einzige, der mich glücklich machte und mich verstand. Ich wusste, dass ich ihm vertrauen konnte und dass er mir vertrauen konnte. Alexander schlug vor zum magischen See zu gehen und den Sonnenuntergang zu beobachten und das taten wir auch. Der See war wunderschön. Wir setzten uns auf eine Bank direkt neben dem See und schauten uns den Sonnenuntergang an. Alexander legte seinen Arm um meine Schultern und ich kuschelte mich an ihn heran. Ich fühlte unsere Liebe in dem Moment. Wir beide vergaßen alles was gerade in unserem Leben passiert war und schauten uns den traumhaften Sonnenuntergang an.

„ Es ist so wunderschön!", sagte ich zu Alexander.

Dann machten wir einen schönen Spaziergang am magischen See und sahen jemanden der auf uns zu rannte. Es war eine ältere Frau, die einen ängstlichen Eindruck machte. Alexander und ich versuchten sie zu beruhigen und dann fragten wir beide gleichzeitig was passiert war.

„ Schnieder ist entführt worden!", sagte die ältere Frau mit einer zittrigen Stimme.

Alexander und ich waren geschockt als sie den Satz sagte.

„ Was meinen Sie mit entführt?", fragte Alexander nach.

„ Ich habe es mit meinen eigenen Augen gesehen.", sagte sie mit ängstlicher Stimme und schaute Richtung See.

„ Können Sie es uns erzählen, was Sie genau gesehen haben. Das wäre sehr hilfreich.", bat ich die ältere Dame sehr höflich.

Dann fing sie an zu erzählen und Alexander und ich hörten ihr gespannt zu.

„ Ich war in der Nähe von Schnieder´s Garten, weil ich zur meiner Freundin gehen wollte. Auf einmal schrie Schnieder und rief nach Hilfe. Ich sah wie eine schlanke Frau mit einem schwarzen Umhang Schnieder fesselte und ihn in ihr Auto steckte und dann fuhr sie mit einer sehr hohen Geschwindigkeit davon. Es ging alles so schnell, dass ich nicht handeln konnte. Ich war unter Schock .", erzählte uns die ältere Frau.

Ich meinen Kopf kamen viele Gedanken und Fragen. War es meine Mutter, die Schnieder entführt hat? Warum wurde Schnieder entführt und welchen Grund gab es dafür? Kam der Befehl von Tarila, der Königin? Ich sah Alexander an, dass er ähnliche Gedanken wie ich hatte. Wir beide waren fassungslos und überlegten wie wir jetzt weiter vorgehen sollten.Wir entschieden uns fürs erste nach Hause zu gehen und morgen direkt zu Schnieder´s Garten zu laufen und uns die Stelle wo er entführt wurde anzuschauen, ob wir vielleicht paar Hinweise finden. Weder Alexander noch ich konnten schlafen, deshalb gingen wir schon sehr früh los. Es war sehr ruhig auf den Straßen. Ich musste sagen, dass ich die Stille sehr angenehm fand, aber auch etwas gruselig.Nach ungefähr 15 Minuten laufen, kamen wir an Schnieder´s Garten an. Der Garten war relativ klein, aber dort waren bunte und glitzernde Pflanzen. Man merkte, dass er Magie besaß.

„ Wieso konnte er sich nicht selbst retten? Ich meine er hat doch magische Kräfte.", fragte ich Alexander und schaute weiter auf die Pflanzen. Ich konnte mein Blick nicht von den Pflanzen loslassen, weil ich noch nie zu vor so magische Pflanzen gesehen habe.

„ Die Magie kann man nicht an sich selbst verwenden. Das ist das Problem", erklärte er.

Ich glaube, dass ich es nie so richtig verstehen werde, wie die Magie funktionierte. Wir fingen beide an nach Spuren zu suchen, wer Schnieder entführt hat. Glücklicherweise verlor die Person ein Ohrring. Alexander schaute den Ohrring genau an und wurde wütend.

„ Es war meine Mutter!", sagte er sauer.

Ich verstand Alexander wie er sich jetzt fühlte, deshalb versuchte ich ihn zu beruhigen, aber das funktionierte nicht. Wütend lief er zu sich nach Hause und ich lief ihm hinterher wie ein Hund. Ich sah ihm seine Wut auf seine eigene Mutter an. Er klingelte an der Tür und als seine Mutter die Tür aufmachte, stellte er sie zu Rede. Ich war mir nicht so sicher, ob ich auch in sein Haus reingehen und ihn unterstützen sollte oder ob ich lieber draußen warten sollte. Ich fand aber den ersten Gedanken besser und entschied mich ihn zu unterstützen.

„ Wieso hast du Schnieder entführt? Ich weiß, dass du für die Königin arbeitest.", stellte er seine Mutter zur Rede. Seine Mutter versuchte zu lügen, aber das brachte nichts, denn Alexander war sehr zielstrebig und wollte jetzt klare Antworten haben.

„ Ich gebe auf. Ihr habt mich erwischt. Ich werde nie wieder Ohrringe anziehen. Ja, ich arbeite für die Königin, aber nur damit du dann König werden kannst. Du verstehst nicht wie super es für dich wäre König zu sein. Verstehst du? Ich möchte doch nur das beste für dich.", gab Alexander's Mutter zu.

„ Ich verstehe es, aber du musst mich auch verstehen. Ich möchte kein König werden. Es war noch nie ein Traum oder Wunsch von mir. Du musst es akzeptieren. Aber warum hast du Schnieder entführt und wo ist er jetzt?", fragte er sie.

„ Ich musste ihn entführen, weil es die Königin so wollte. Ich bereue es sehr.", sagte sie.

„ Wo ist er jetzt?", fragte ich sie.

„ Er ist da wo die anderen Auserwählten sind, aber wo weiß ich leider nicht. Ich sollte ihn nur entführen und ihn dann deiner Mutter geben, weil sie den Rest übernommen hat. Sie hat ja schließlich ein besseres und innigeres Verhältnis zu der Königin als ich.", sagte sie.

„ Kanntest du Milena's Mutter schon früher?", fragte Alexander seine Mutter und schaute zu mir.

„ Wir sind seit unserer Kindheit befreundet. Doch dann musste sie nach Manchester ziehen, weil sie dort bessere

Berufschancen hatte. Aber wir sind in Kontakt geblieben.",
erklärte sie.

Es war also wahr. Meine Mutter ist eine Dreamcitierin.
Alexander´s Mutter entschuldigte sich bei Alexander und
auch bei mir. Ich merkte an Alexander´s Gesichtsausdruck,
dass er seiner Mutter noch nicht verzeihen konnte und
auch gar kein Verständnis dafür hatte. Jetzt wussten wir
endlich mehr. Das Gespräch mit Alexander´s Mutter half
uns sehr und mir war klar, dass meine Mutter mich mein
ganzes Leben angelogen hatte. Ich musste es sofort meiner
Schwester erzählen. Ich ließ Alexander und seine Mutter
alleine, weil ich wusste, dass die beiden einiges klären
mussten. Vielleicht wird jetzt ihr Verhältnis besser? Das
wäre zu hoffen, denn Alexander ist einfach ein toller,
intelligenter und charmanter Typ. Ich ging nach Hause und
begrüßte nicht mal meine Eltern, weil ich sie heute einfach
nicht sehen wollte stattdessen ging ich ins Zimmer von
meiner Schwester und wollte ihr von den letzten paar
Tagen erzählen. In dem Moment als ich ihre Tür öffnen
wollte, öffnete sie ihre Tür und wir prallten aneinander. Ich
sah an Sabrinas Gesicht, dass sie aufgeregt und geschockt
war. Wir gingen in ihr Zimmer und dann schockte sie mich
mit dieser Nachricht.

„ Mama ist die ältere Schwester von der Königin.", sagte
sie mit immer noch schockierender Stimme.

„WAS?", reagierte ich erstaunt.

Plötzlich fing mein Körper an zu zittern und ich musste
mich erst mal setzen, weil ich mich auf meinen zittrigen
Beinen nicht mehr halten konnte.

„ Kannst du es bitte noch einmal wiederholen. Ich kann es
nicht glauben:", bat ich Sabrina.

„ Es ist wahr. Mama ist die Schwester von Tarila. Das

heißt auch, dass sie unsere Tante ist.", sagte sie zu mir.
„ Bitte sag mir, dass es gerade nur ein Traum ist.", hoffte ich und schaute zu Sabrina.

Doch es war kein Traum. Sabrina zeigte mir den Beweis, was sie zufällig herausfand.

„ Im Arbeitszimmer unserer Eltern lag ein Fotoalbum und dort waren paar Bilder mit Mama und Tarila von früher. Ich fand auch paar Briefe, die die beiden sich gegenseitig geschrieben haben als wir noch in Manchester gewohnt haben.", erzählte sie.

Ich hörte ihr aufmerksam zu und konnte es einfach immer noch nicht glauben. Unsere Mutter hatte noch nie etwas von einer Tante erwähnt. Ich dachte immer, dass sie ein Einzelkind wäre und dann ist ihre Schwester, also unsere Tante, noch die Königin.

„ Ich war ziemlich überrascht so wie du jetzt und ich versuchte noch paar weitere Informationen zu finden und das tat ich auch.", sagte sie.

Ehrlich gesagt wusste ich nicht, ob ich jetzt noch weitere Informationen vertragen konnte, da ich mit der Nachricht von eben noch nicht zu recht kam. Doch ich konnte nichts sagen, weil mein Mund wie verschlossen war. Ich hörte Sabrina weiter zu und hoffte vielleicht auf paar bessere und nicht so schockierende Nachrichten. Aber leider war dies nicht der Fall.

„ Wusstest du, dass unser Opa, die Magie erfunden hat?", fragte Natalia mich.

„ Warte mal. Willst du damit sagen, dass unser Opa Schnieder ist?", fragte ich sie.

Um ehrlich zu sein würde es sehr viel Sinn ergeben, dass Tarila Alexander´s Mutter befohlen hat ihn zu entführen, weil er sie dann nicht aufhalten kann und sie alles mögliche machen kann. Aber warum wollte er eigentlich nicht, dass eine von seinen Töchtern Königin wird? Es musste einen Grund haben, aber nur welchen?

„Ja. Schnieder ist unser Opa.", sagte sie.

Obwohl ich gerade einfach nur unfassbar geschockt und überrascht zu gleich war, erzählte ich Sabrina von meinen Informationen. Meine Schwester und ich saßen eine Weile auf ihrem Bett und schwiegen uns an. Wie konnten unsere Eltern uns nur so was verheimlichen. Sie hatten die ganze Zeit ein Familiengeheimnis. Ich war nur noch sauer auf meine Eltern.

„Was sollen wir jetzt machen?", fragte ich Sabrina verzweifelt.

„Wir sollten Mom zur Rede stellen und dann Schnieder, also unseren Opa, suchen.", antwortete mir meine Schwester.

Wir beide warteten im Wohnzimmer auf unsere Eltern, damit wir sie dann zu Rede stellen konnten. Als ich dann hörte, dass die Tür aufging, wurde ich etwas nervös, aber ich verspürte auch eine gewisse Wut in mir gegenüber meiner Eltern. Unsere Eltern kamen ins Wohnzimmer und schauten uns überrascht an, da ich fast nie mit meiner Schwester zusammen auf unsere Eltern wartete.

„Mom!, Dad!, wir möchten mit euch beiden reden.", sagte Sabrina.

„Was ist los?", fragten Mom und Dad gleichzeitig.

„Ihr habt uns vieles verschwiegen und uns die ganze Zeit belogen.", fuhr ich fort.

„Das ist nicht wahr. Wie kommt ihr überhaupt auf so was?", fragte uns meine Mutter mit einer wütenden Stimme.

„Und wie geht es eigentlich deiner Schwester Tarila und

deinem Vater Schnieder?", fragte Sabrina.

Ich konnte in diesem Moment nichts sagen, weil ich wie erstarrt einfach nur da stand und entsetzt war, dass unsere Mutter einfach weiter lügen wollte. Aus diesem Grund übernahm meine Schwester.

„ Ihr erzählt Geschichten. Ihr beide habt wohl viel Fantasie.", antwortete meine Mutter und wollte gerade das Wohnzimmer verlassen als meine Schwester ihr den Ausgang versperrte und sie dann doch hier bleiben musste.

„ Milena und ich wissen viel mehr als ihr denkt.", sagte Natalia und schaute unsere Mutter an.

Ich war echt froh, dass meine Schwester da war und es übernahm. Sie machte es super.

„ Warum hast du uns nie gesagt, dass du und Dad in Dreamcity geboren wurdet und du eine Schwester hast?", fragte meine Schwester.

„ Ich wollte es euch zu einem perfekten Zeitpunkt sagen.", antwortete Mom mit einer genervten Stimme.

„ Wann ist denn der perfekte Zeitpunkt?", fragte ich sie, aber meiner Mutter antwortete nicht.

„ Wir wollten nicht, dass ihr darüber Bescheid wisst, weil Dreamcity eine geheime Stadt ist und niemand fremdes soll darüber erfahren, deshalb haben wir es auch nicht erzählt.", sagte Dad.

„ Und warum hast du uns nie erzählt, dass wir eine Tante haben, die jetzt auch Königin ist?", fragte Sabrina.

„ Ich habe euch nie über Tarila erzählt, weil wir zu weit von einander entfernt wohnten und ich nicht wusste, ob wir überhaupt jemals wieder nach Dreamcity ziehen werden.", antwortete meine Mutter.

„ Und was ist mit unserem Opa?", fragte ich neugierig.

„ Eurem Opa geht es gut. Er ist gerade im Urlaub.", sagte

meine Mutter.

Mir war klar, dass sie meine Schwester und mich wieder anlog, weil sie ihren Vater entführt hatte.

„ Das ist nicht wahr. Du hast ihn entführt. Ich weiß es. Du und Tarila habt einen Plan.", sagte ich wütend.

Doch das reichte meiner Mutter und sie ging wütend aus dem Wohnzimmer und Dad hinterher. So richtig hatte diese Unterhaltung leider nicht viel gebracht, da Mom immer weiter versucht hatte zu lügen. Meine Schwester und ich gingen in mein Zimmer und überlegten uns wo unser Opa sein könnte. Wir wollten unbedingt mit ihm reden und mehr über unsere eigene Mutter zu erfahren. In den letzten Wochen wurde mir meine eigene Mutter zu einer fremden Person. Wir überlegten und überlegten, aber wir kamen zu keinem Entschluss, da wir uns noch nicht so gut in Dreamcity auskannten. Vielleicht wird unser Opa im Kerker im Schloss eingesperrt? Oder in einem Geheimversteck von Tarila? Ich musste auf jeden Fall mit Alexander darüber sprechen. Nur er kannte Dreamcity in und auswendig, da er mal ein Auserwählter war.

Kapitel 5

Am nächsten morgen ging ich nach dem Frühstück direkt zu Alexander und erzählte ihm über das Familiengeheimnis meiner Eltern.

„ Du bist also mit dem Erfinder der Magie und der Könign verwandt", sagte er.

„ Sieht wohl so aus. Wir müssen Schnieder dringend finden und herausfinden, was für ein Plan Tarila hat.", sagte ich zu ihm.

„ Ich habe eine Idee.", sagte er.

Er fing an über seine Idee zu erzählen und als ich das Wort Schloss hörte, freute ich mich, denn ich war noch nie in einem Schloss. Wir beide fuhren mit unseren Fahrrädern zum Marktplatz,wo genau daneben, das riesige und schöne Schloss stand. Aber wie kommen wir denn da ohne Probleme rein? Sollen wir einbrechen? Oder mit der Königin sprechen und um Erlaubnis bitten? Ich hatte echt keine Ahnung, was sich Alexander dabei gedacht hatte, wie wir unauffällig in das Schloss kommen sollten.

„ Wie kommen wir jetzt da rein?", fragte ich ihn schließlich.

„ Lass dich überraschen.", sagte er zu mir.

Wir warteten beide auf etwas, doch ich wusste nicht auf was wir warteten, bis schließlich ein Mann im mittleren Alter zu uns kam mit zwei schwarzen Umhängen. Alexander gab mir einen Umhang und zog selbst den anderen Umhang an.

„ Kommst du jetzt drauf wie wir ins Schloss reinkommen ohne aufzufallen?", fragte er und lächelte mich an.

„ Wir tun jetzt so als seien wir Anhänger. Stimmt´s?", sagte ich zu ihm und er nickte.

Alexander und ich stiegen die schönen Marmortreppen rauf und vor dem Eingang des Schlosses standen zwei Wachmänner mit silbernen Schwertern, die vor der Tür des Schlosses wachten. Einer von ihnen schaute uns kurz an und ließ uns dann rein. Während wir an den Wachmännern vorbeiliefen, wurde ich nervös und hoffte, dass die Wachmänner nichts bemerkten. Als wir in das Schloss reingingen,war ich überwältigt. Das Schloss war von innen riesig und hatte über 100 Zimmer, die ebenfalls riesig und einfach gigantisch waren. In der Mitte des Schlosses war eine riesige, glänzende Marmortreppe. Im Flur hingen viele Bilder von den ehemaligen Könige und Königinnen und von der Stadt. An der Decke hingen mehrere große, zauberhafte Kronleuchter aus Diamanten. Das Schloss war einfach bezaubernd. Ich hatte zuvor noch nie so etwas schönes gesehen in meinem Leben.

Gerade als wir in die Kerker des Schlosses gehen wollten, liefen an uns die ganze Anhänger vorbei in Richtung des Saals der Königin.

„ Hinterher!", sagte Alexander.

Und wir rannten den Anhängern hinterher, damit wir nicht auffielen. Wie schon erwartet war der Saal gewaltig. Der Boden war aus Parkett und der Thron war riesig und in Gold. Tarila saß bereits auf dem Thron und wartete auf ihre Anhänger. Alle Anhänger, darunter auch Alexander und ich, bildeten eine Reihe und schauten auf die Königin. Tarila erhob sich vom Thron und die Anhänger verbeugten sich vor ihr. Obwohl Alexander sich nicht vor ihr verbeugen wollte, tat er es trotzdem, damit es nicht auffiel, dass wir in Wahrheit keine Anhänger waren. Ob Tarila eigentlich wusste, dass sie Tante ist? Und wenn ja, wusste sie eigentlich überhaupt wie ich aussehe und wer ich bin? Dann fing sie an über ihren Plan zu erzählen. Und der Plan machte uns fassungslos und uns extrem wütend. Vor allem Alexander musste sich zusammen reißen. Ich sah wie er seine Hände zu Fäusten machte und sich selbst wieder beruhigen musste.

„ Ich werde meine eigene Stadt gründen.", rief Tarila mit einer amüsanten Stimme.

Alle Anhänger schrien vor Freude und applaudierten. Natürlich mussten wir es auch tun, obwohl wir entsetzt waren. Ich vermutete, dass Alexander jetzt am liebsten Tarila eine reinhauen würde.

„ Dreamcity wird Geschichte sein. Tarilcity wird gewinnen. Ich möchte, dass ihr alle Leute, die gegen mich sind, festnimmt. Habt ihr mich verstanden?", sagte sie drohend.

Alle nickten und waren begeistert von Tarila´s Pläne.

„ Und wo sollen wir die Leute dann einsperren?", fragte Alexander mit einem Plan dahinter.

„ Da wo wir die Auserwählten und Schnieder eingesperrt haben. Im Place of NoMagic.", antwortete die Königin.

„ Ihr könnt jetzt gehen.", befahl sie.

Alexander nahm meine Hand und er zog mich zur königlichen Bibliothek.

„ Was wollen wir hier? Ist Schnieder hier?, fragte ich ihn.

„ Nein. Das ist die Bibliothek wo wir uns jetzt deine Familienchronik anschauen.", sagte er.

„ Familienchronik?", fragte ich erstaunt.

„ Jede Familie in Dreamcity besitzt eine Familienchronik, die in dieser Bibliothek gelagert wird. Da drinnen steht das ganze Leben von jeder Person hier, auch von deiner Mutter und Tante", erklärte er mir.

Wir beide suchten nach meiner Familienchronik. Die Chroniken waren nach dem Alphabet geordnet.

„ Ich habe es gefunden.", rief ich zu Alexander hinüber, der auf der anderen Seite, der Bibliothek war. Wir setzten uns hin und schauten rein. Tatsächlich waren meine Schwester und ich die Einzigen, die nicht in Dreamcity geboren worden sind. Wir schauten weiter bis wir meine Mutter fanden. Die Chroniken wurden auf einer alten Schrift geschrieben, die ich natürlich nicht lesen konnte. Zum Glück konnte Alexander die Schrift lesen, weil seine Mutter ihn dazu gezwungen hat, die alte Sprache der Magie zu lernen.

„ Was steht da alles so über meine Mutter drin?", fragte
ich ihn und wartete gespannt auf seine Antwort.
„ Das ist sehr spannend. Da steht, dass deine Mutter auch
mal eine Auserwählte war.", sagte er.
„ Wirklich? Warum hat sie es nicht geschafft Königin zu
werden? Ich meine ihr Vater, also mein Opa entscheidet es
schließlich.", fragte ich ihn.
„ Nur weil es seine Tochter ist, darf er sie nicht direkt zur
Königin auserwählen. Schnieder kümmerte und kümmert
sich immer noch sehr extrem, dass es dem Volk gut geht
und der einzigartigen Stadt. Das ist der Grund warum er
darauf achtet, wer Königin oder König wird.", erklärte er
mir.
Ich fand die Einstellung von meinem Opa, den ich noch
nie kennengelernt hatte, sehr gut.
„ Was steht da noch so drin?", fragte ich ihn.
„ Deine Mutter hat es nie geschafft Königin zu werden,
weil sie nur Magie haben wollte, um anderen Leuten zu
zeigen wie stark sie ist.", erzählte er weiter.
„ Mehr steht da leider nicht drin. Der letzte Eintrag war,
bevor deine Mutter nach Manchester gezogen ist. Da steht,
dass sie deinen Vater geheiratet hat. Das war´s.", sagte er.
Meine Mutter war tatsächlich mal eine Auserwählte. Ist sie
vielleicht deshalb nach Manchester gezogen, damit nichts
mehr über sie in der Chronik drinsteht? Unterstützt sie
Tarila, weil sie einfach nur ihre Schwester ist oder weil sie
auch Macht möchte? Diese Fragen kamen plötzlich in
mein Kopf und ich konnte sich auch nicht so schnell
wieder loswerden. Auf einmal hörten wir paar Schritte und
eine weibliche Stimme. Die Stimme klang nach Tarila.
Alexander und ich versteckten uns in dem Nebenraum der
Bibliothek, weil es eigentlich verboten war für normale

Menschen die Bücherei zu betreten und wir beobachteten wer in die Bibliothek kam. Es war Tarila! Sie kam zu der Abteilung der Chroniken näher und nahm genau die Chronik von unserer Familie und schaute sie an.
„ Das war´s mit dir. Jetzt ist die verfluchte Chronik Geschichte.", sagte sie fröhlich und schmiss die Chronik in den Karmin der Bibliothek und die Chronik verbrannte.
Ich wollte zu gleich schreien und weinen, aber ich musste es unterdrücken. Wie konnte sie nur. Warum hat sie es getan? Stand da etwas schlechtes über sie? Was hat Schnieder dort reingeschrieben? Als Tarila wieder die Bibliothek verlassen hatte, rannten wir beide zum Karmin und sahen nur noch wie die Chronik zur Asche wurde. Es war nichts mehr von der Chronik übrig.
„ Wir müssen dringend Schnieder finden.", sagte Alexander.
„ Ist es nicht eigentlich verboten Chroniken zu vernichten?", fragte ich ihn.
„ Selbstverständlich. Aber wie du siehst ist Tarila eine furchtbare Königin, die selbst ihren Vater eingesperrt hat und seine Stadt zerstören möchte.", antwortete er mir.
„ Weißt du wo dieses Place of NoMagic ist?", fragte ich ihn.
„ Aber natürlich. Ich war schließlich mal ein Auserwählter und ich kenne deshalb jeden einzigen Ort in Dreamcity.", sagte er mit einer stolzen Stimme und einem stolzen Blick.
Wir verließen die Bibliothek und sahen paar Anhänger, die paar unschuldige Leute in den Kerker einsperrten. Und das nur weil sie gegen Tarila waren. Leider mussten wir auch durch die ganzen Kerker laufen bis wir zum Place of NoMagic kamen. Die Kerker befanden sich im Keller des Schlosses. Es führte eine enge und steinerne Treppe

hinunter. Dort waren nur paar kleine Fackeln an den Wänden und zwei Wachmänner bewachten den Raum, damit niemand hier ausbrechen konnte. Das war sehr gruselig durch den Kerker zu laufen. Ich hatte allgemein Angst in unseren Keller zu gehen, weil in meinen Kopf immer gruslige Gedanken auftauchten als ich in den Keller ging, zum Beispiel das ein Monster oder Einbrecher dort unten auf mich wartete. Allein als ich schon wieder darüber nachdachte bekam ich Gänsehaut. Alexander und ich mussten bis ans Ende der Kerker laufen. Kurz bevor wir den Place of NoMagic erreichten, rief mich eine bekannte Stimme. Ich drehte mich um und sah meine Schwester in einen der Kerker. Ich konnte meinen Augen nicht trauen.

„ Sabrina. Warum wurdest du eingesperrt?", fragte ich mit einer zittrigen und besorgten Stimme.

„ Ich habe noch etwas herausgefunden was Tarila und Mom machen wollen. Ich wollte dann direkt mit den Beweisen zu euch als mich dann Tarila entdeckt hat.", erzählte sie.

„ Warte mal. Du bist hier ins Schloss reingegangen?", fragte Alexander Sabrina.

„ Ja. Ich habe mich als eine Designerin für besondere Kleider ausgegeben und die Wachmänner haben mir geglaubt. Ich habe überall nach euch gesucht bis Tarila mir über den Weg lief und mich dann erkannte wer ich war.", erzählte sie weiter.

„ Das heißt, dass Tarlia weiß wie wir aussehen?", fragte ich sie überraschend.

„ Wie ich gerade von Tarila erfahren habe, hat Mom ihr paar Bilder von uns gezeigt.", sagte sie wütend.

„ Ich habe eine Idee. Wartet kurz. Ich komme gleich

wieder.", sagte Alexander und ging schnell zurück nach oben.

Ich unterhielt mich weiter mit meiner Schwester bis Alexander wiederkam. Ich erklärte ihr wie wir hier ins Schloss ohne Probleme reinkamen und was unser Plan jetzt war. In dem Moment bemerkte ich, dass die beiden Wachmänner mich die ganze Zeit beobachteten, deshalb entschloss ich unsere Unterhaltung zu stoppen und hoffte, dass Alexander so schnell wie möglich wiederkam. Plötzlich hörte ich ein lautes Geräusch und sah wie Alexander ein Schwert in der Hand hatte und mit den beiden Wachmännern kämpfte. Nach einem kurzem Kampf schaffte er sie zu besiegen und nahm den Schlüssel von einem der Wachmänner und rannte zu uns. Er öffnete die Kerkertür von meiner Schwester und wir alle drei rannten zum Place of NoMagic.

„ Von wo hattest du das Schwert her und wie konntest du sie besiegen?", fragten Sabrina und ich gleichzeitig.

„ Wie schon gesagt, ich kenne mich hier sehr gut aus und die beiden Wachmänner sind sehr unerfahren und außerdem habe ich jahrelang Kampfsport gemacht.", sagte er und protzte vor Stolz.

Alexander öffnete die Tür und wir betraten den Place of NoMagic. In dem Moment wenn man den Place of NoMagic betritt, verschwindet die Magie. Der Place of NoMagic war riesig und draußen in einem alten und absolut nicht gepflegten Garten, wahrscheinlich weil es ja ein Kerker sein sollte. Wir drei teilten uns auf und suchten nach Schnieder und den vier Auserwählten. Ich hörte wie Alexander und meine Schwester nach Schnieder riefen, deshalb fing ich an auch nach Schnieder zu rufen. Vielleicht hörte er uns dann und gibt eine Antwort, damit wir ihn leichter finden können in dem großen und gruseligen Garten. Nachdem ich durch paar große und kaputte Pflanzen durchlief, sah ich etwas weiter hinten eine alte Holzhütte. Ich rief meine Schwester und Alexander zu mir und wir rannten sofort zur Hütte. Alexander versuchte die Tür zu öffnen, aber sie war verschlossen.

„ Was machen wir denn jetzt?", fragte ich und hörte paar Stimmen aus der Hütte, die nach Hilfe riefen.

„ Es gibt nur eine Möglichkeit. Wir müssen irgendwie die Tür einschlagen.", sagte Alexander.

„ Wie schwer kann es denn sein.", fügte er hinzu.

Er nahm Anlauf und rannte und sprang gegen die Tür. Sabrina und ich sahen wie die Tür immer noch nicht aufging und Alexander am Boden lag.

„ Geht es dir gut?", rief ich und rannte zu ihm.

„ Mir geht es so weit gut. Mir tut nur mein Arm etwas weh. Ich war wohl etwas zu selbstsicher.", sagte er und stand auf.

„ Wie kriegen wir sonst die Tür auf?", fragte Sabrina. Plötzlich fiel mir ein wie ich in einem Kriminalfilm sah, wie ein Detektiv eine Tür mit einer Haarklammer aufkriegte. Da ich immer meine Haare offen trug, weil mir Zöpfe nicht standen, schaute ich meine Schwester an, weil sie immer einen Zopf inklusive mit paar Haarklammern trug.

„ Was schaust du mich so an?", fragte mich meine Schwester verwundert.

„ Ich brauche eine Haarklammer von dir, damit wir die Tür aufkriegen.", antwortet ich ihr.

Sie gab mir eine Haarklammer und ich versuchte die Tür aufzukriegen.

„ Wie willst du bitte mit dieser kleinen Haarklammer eine Tür öffnen?", fragte mich Alexander erstaunt.

Ich antwortete ihm nicht, weil ich sehr konzentriert war. Ich steckte die Haarklammer in das Türschloss und drehte dran und tatsächlich öffnete sich die Tür.

„ Na toll. Hättest du die Idee nicht vorher sagen können bevor ich gegen die Tür gesprungen bin.", sagte Alexander etwas sauer.

Ich ignorierte seinen Kommentar und wir betraten die Hütte. Tatsächlich wurden Schnieder und die vier Auserwählten hier eingesperrt. Alle fünf bedankten sich bei uns und fingen an zu erzählen was passiert war.

„ Wir alle vier bekamen Magie von Paul Schnieder und übten im Schloss. Plötzlich kam Tarila mit paar von ihren Anhängern und sie fesselten uns und brachten uns hierher.", erzählte uns ein Auserwählter.

Als einer der Auserwählten gerade fertig erzählte, kam unser Opa zu meiner Schwester und mir näher und lächelte uns an.

„ Ihr seid meine beiden Enkelinnen, nicht wahr?", fragte unser Opa uns.

„ Ja", sagten wir beide.

„ Es freut mich sehr euch kennenzulernen. Ihr seid unsere Retterinnen und Retter.", sagte er glücklich.

„ Woher wusstet ihr, dass wir hier sind und wie seit ihr überhaupt hier reingekommen?", fragte ein anderer Auserwählter uns.

Alexander erzählte die ganze Geschichte und alle waren sehr beeindruckt davon.

In der Zeit dachte ich wie immer über viele Sachen nach. Sollten wir unseren Opa erzählen, dass Tarila unsere Familienchronik verbrannte? Sollte ich es meiner Mutter erzählen und sie befragen? Aber so wie ich sie kenne, würde sie eh lügen und alles leugnen. Was hat Sabrina noch herausgefunden? Und woher wusste Sabrina, dass wir im Schloss waren? Aber noch eine erst mal viel wichtigere Frage wie kommen wir heraus ohne erwischt zu werden?

„Es gibt nur einen Weg. Wir müssen uns raus schleichen!", sagte Schnieder mit ernster Stimmlage.

„Wie sollen wir das denn schaffen?", fragte meine Schwester.

Doch Schnieder antwortete nicht und lief vor und wir alle liefen ihm hinterher mit fragenden Blicken. Obwohl Schnieder und die Auserwählten vor kurzem noch eingesperrt waren, machten sie absolut nicht so einen Eindruck wie ich es in meinen Kriminalfilme kannte. Wir alle liefen zur Tür, die wieder in die normale Kerker führte. Mein Opa hielt an und wir dann auch und schauten ihn an welche Anweisung er uns jetzt gab.

„Wir gehen jetzt da wieder rein und und ihr folgt mir einfach. Ihr tut das was ich mache. Habt ihr mich verstanden?", fragte er und schaute auf uns alle.

Wir nickten alle und ich bekam Angst. Ich wollte nämlich nicht erwischt werden und dann von Tarila vielleicht eine schlimme Strafe bekommen, aber andererseits besaßen Schnieder und die vier Auserwählten Magie, die sie jetzt wieder benutzen konnten, natürlich nur im Notfall.

Schnieder öffnete die Tür und wir alle schlichen rein und versteckten uns hinter einer alten, staubigen Säule. Gerade als die Wachmänner Pause machen wollten, musste ich wegen dem ganzen Staub niesen und sie schauten zur Säule hinüber. Warum bin ich so ein Tollpatsch, dachte ich mir in diesem Moment. Jetzt werden wir nur wegen mir eingesperrt. Ich entschuldigte mich ganz leise bei den anderen. Es war sehr unangenehm für mich.

„Ich glaube dort ist jemand!", sagte ein Wachmann.

„Dann lass uns mal gucken und dann eine Pause machen.", schlug der andere vor.

„Aber das geht dann von unserer Pausenzeit ab. Lass uns lieber Pause machen. Bestimmt hat einer im Kerker genießt.", sagte der erste Wachmann.

Die beiden Wachmänner verließen die Kerker und wir alle waren sehr erleichtert, insbesondere ich, weil ich ja dann dafür verantwortlich wäre, wenn sie uns erwischt hätten. Wir rannten schnell an den Kerkern vorbei bis Alexander seine Mutter in einem der Kerker entdeckte.

„Mom! Warum bist du hier? Was hat dir Tarila angetan?", fragte er mit besorgter Stimme.

„Ich wollte euch helfen. Mir wurde klar, dass das was ich getan habe nicht richtig war. Aus diesem Grund ging ich zu Tarila und wollte mit ihr in Ruhe sprechen und das sie mir sagt wo Herr.Schnieder und die Auserwählten eingesperrt wurden. Darauf hin, ist sie ausgerastet und hat mich hier eingesperrt.", erklärte Alexander´s Mutter uns allen.

„Es waren also Sie. Sie haben mich entführt und auch die Auserwählten. Wie konnten sie nur?", fragte Schnieder mit etwas wütender Stimme.

„Es tut mir wirklich sehr leid. Ich bereue es auch. Ich war immer noch sauer auf Sie, weil mein Sohn kein König geworden ist. Jetzt weiß ich, dass ich nicht nur etwas schlechtes für mein Sohn wollte, sondern ich habe Ihnen auch etwas schlechtes angetan. Ich wünschte ich könnte die Zeit zurückdrehen.", sagte sie.

„Schnieder wir müssen weiter sonst kommen die

Wachmänner wieder.", sagte eine Auserwählte.

„ Wir müssen sie erst noch befreien und dann können wir weiter.", sagte Schnieder.

„ Sie wollen diese Frau doch nicht im Ernst befreien. Ich meine sie hat uns entführt.", sagte ein Auserwählter.

„ Das ist ihre gerechte Strafe.", sagte ein anderer Auserwählter.

„ Sie hat es verdient.", sagte noch eine andere Auserwählte.

„ Ich verstehe euch, aber sie wollte uns am Ende befreien und nur deswegen ist sie jetzt hier.", sagte Schnieder. Schnieder schwang mit seinem Zeigefinger und die Kerkertür öffnete sich von allein. Es war einfach nur unglaublich. Sabrina und ich staunten und waren fasziniert davon.

„ Vielen Dank. Ich werde es Ihnen nie vergessen.", bedankte sich Alexander´s Mutter.

Jetzt verließen wir die Kerker mit Alexander´s Mutter. Wir schlichen leise die Kellertreppe nach oben und hielten vor der Tür, die in den Flur des Schlosses führte an und lauschten ob dort jemand war. Schnieder öffnete die Tür ganz leise und vorsichtig und schaute nach rechts und links. Dann gab er uns ein Zeichen und wir rannten raus. Kurz bevor wir den Ausgang erreichten, sahen wir Tarila mit meiner Mutter. Alexander, seine Mutter, Sabrina und ich versteckten uns hinter den riesigen Treppen. Schnieder versteckte sich hinter einer großen Statue und die Auserwählten hinter paar breiten Säulen. Ich hoffte, dass ich diesmal nicht niesen musste und dass wir so schnell wie möglich rauskamen. Ich wollte hier nicht mehr bleiben. Es war für mich viel zu stressig und ich war ständig in Angst erwischt zu werden.

„ Wir kommen unseren Plan immer näher und näher",
sagte die Königin.

„ Das ist super. Ich glaube, dass ich es langsam meinen
Töchtern erzählen muss.", sagte meine Mutter,

„ Auf gar keinen Fall. Sie werden dann unseren ganzen
Plan über unsere eigene Stadt kaputt machen.", sagte sie
wütend.

„ Sie merken, dass etwas faul hier ist. Vor allem Milena
merkt es und versucht es herauszufinden. Ich möchte
meine Kinder nicht mehr belügen.", sagte meine Mutter
traurig.

„ Das ist doch nicht unser Problem. Dann soll sie es selber
herausfinden. Sie kann eh nichts verändern. Vor allem hat
sie doch gar keine Ahnung über Dreamcity und die
Magie.", sagte Tarila und versuchte meine Mutter davon
zu überzeugen uns nichts von allem zu erzählen.

„ Ich weiß ja nicht. Vielleicht sollten wir unseren Vater
wieder befreien. Ich meine er ist schließlich unser Vater
und hat es nicht verdient eingesperrt zu werden.", sagte
Mom.

„ Du bist wohl komplett verrückt geworden. Er würde es
doch niemals zu lassen, dass wir Dreamcity zerstören
wollen, um eine eigene Stadt zu gründen. Kannst du dich
nicht mehr daran erinnern wie sehr du Dreamcity gehasst
hast und dich unwohl gefühlt hast, weil sich alle über dich
lustig gemacht haben uns zwar nur weil unser toller Vater
uns keine Magie geben wollte und uns nichts darüber
beibringen wollte. Er wollte nur, dass andere Magie haben
außer wir. Wir waren und sind ihm doch total egal. Und
denk mal auch darüber nach als du nach Manchester
gezogen bist. Da hast du am letzten Tag eine
Abschiedsparty gemacht. Du hast sehr viele Leute

eingeladen und hast dich so gefreut. Und wer kam, nur Ulita (Alexander´s Mutter), sonst kam niemand. Sogar unser Vater nicht. Warum? Für ihn waren die Auserwählten wichtiger als seine Tochter." sagte Tarila.

„ Vielleicht hast du recht.", sagte Mom.

In dem Moment bekam ich Mitleid mit meiner Mutter. Wenn das alles wirklich so stimmen sollte, dann hatte Mom keine leichte Kindheit gehabt. Das könnte der Grund sein, weshalb sie mit Tarila Dreamcity zerstören möchte, damit die beiden es ihren Vater heimzahlen können. Auch Alexander´s Mutter nickte und sagte, dass es wahr war mit der Abschiedsparty. Was ist wenn Tarila meine Mutter nur manipuliert? Vielleicht möchte meinen Mutter uns auch alles erklären, aber sie weiß nur nicht wie? Vielleicht habe ich ihr auch unrecht getan? Ich bekam Schuldgefühle und wollte nur meine Mutter umarmen, aber ich musste mich zusammenreißen. Dann gingen Tarila und meine Mutter weg und wir schlichen so schnell wie wir nur konnten aus dem Schloss heraus. Endlich waren wir wieder draußen und ich musste mich nicht mehr fürchten, dass jemand uns entdeckte und uns festnahm. Ich wollte mehr über die Vergangenheit meiner Mutter und mehr über meinen Opa erfahren. Ich lud ihn zu uns nach Hause ein, damit er Sabrina und mir alles erzählen konnte.

„ Wir müssen Tarila aufhalten", sagte ein Auserwählter.

„ Wir können nicht einfach so nochmal hineinstürmen und sie angreifen. Wir brauchen einen Plan und wir sollten noch etwas abwarten. Was wir noch brauchen sind mehr Informationen.", sagte Schnieder.

Die Auserwählten bedankten sich bei uns und gingen fort sowie Alexander und seine Mutter, die mit ihm nochmal alles in Ruhe besprechen wollte. Und Schnieder, Sabrina und ich gingen zu uns nach Hause. Ich wusste, dass meine Eltern nicht zu Hause waren, deshalb war es der perfekte Zeitpunkt.

„ Ihr habt ein sehr schönes Haus.", sagte unser Opa Schnieder.

Wir gingen ins Wohnzimmer uns setzten uns bequem auf das Sofa und Schnieder fing an über sich selbst zu erzählen und wie er Dreamcity gegründet und die Magie entdeckt hatte. Wir hörten ihm gespannt zu und tranken dabei leckeren schwarzen Tee aus Porzellantassen.

„ Wie war Mama so als Kind und Teenager?", fragte Sabrina sehr interessiert.

Tatsächlich hatte uns Mom nicht viel über ihre Kindheit erzählt. Es könnte daran gelegen haben, dass sie ihre Kindheit nicht mochte und unglücklich war.

„ Eure Mutter war als Kind super. Sie war so lieb, hilfsbereit, intelligent und immer glücklich bis sie in der Schule geärgert und ausgegrenzt wurde.", sagte unser Opa.

„ Warum wurde sie so schlecht in der Schule behandelt?", fragte ich.

„ Als die Schüler älter wurden, also zu Teenagern, verstanden sie was Magie war und wussten wer sie entdeckte. Sie lachten eure Mutter aus , weil sie keine Magie besaß, obwohl ihr Vater Magie besitzt.", führte er fort.

„ Und was hast du gemacht, um ihr zu helfen?", fragte ich weiter.

„ Ich war so damit beschäftigt mich um die Auserwählten zu kümmern, dass ich dafür leider keine Zeit hatte. Ich dachte immer, dass sie nur lügt, damit sie einfach so Magie von mir bekommt. Ich war ein schlechter Vater. Ich war selbst bei ihrer Abschiedsparty nicht dabei bevor sie nach Manchester gezogen war.", sagte er und ihm liefen etwas die Tränen.

Auch Sabrina und mir liefen die Tränen, weil es uns so berührt hatte.

„ Aber Mom war doch mal eine Auserwählte, oder?", fragte ich.

„ Ja, woher weißt du das?", fragte mein Opa mich überrascht.

„ Es stand in unserer Familienchronik drinnen bevor Tarila sie verbrannte.", sagte ich.

„ WAS? Tarila hat unsere Familienchronik verbrannt?", fragte er fassungslos.

„ Familienchronik?", fragte Sabrina.

„ Alexander und ich waren in der Bibliothek und schauten uns unsere Chronik an bis wir Tarila hörten. Wir versteckten uns im Nebenraum und sahen wie Tarila unsere Familienchronik in dem Kamin warf." erzählte ich.

Schnieder klärte meiner Schwester über unsere Familienchronik auf und erzählte uns wie Mama eine Auserwählte wurde.

„ Sie wollte so sehr Magie besitzen und bettelte mich jeden Tag an. Ich entschied mich sie also auszuerwählen, um zu gucken wie sie mit Magie umgehen kann. Sie war gar nicht mal so schlecht, aber sie wollte nur es ihren Klassenkameraden heimzahlen, was sie ihr angetan hatten, deshalb machte ich es alles wieder rückgängig bevor sie irgendetwas anrichten konnte.", sagte Schnieder.

„ Und wie bekam Tarila Magie?", fragte Natalia.

„ Nun ja. Eure Tante war schon immer sehr hinterhältig. Sie war auch mal eine Auserwählte, aber sie konnte so gar nicht mit der Magie umgehen. Doch bevor ich ihr die Magie wieder verschwinden lassen konnte, haute sie ab und sie versteckte sich vor mir und dass bis zum Zeitpunkt als sie ihre Vorgängerin vergiftet hatte. Tarila hatte sich schon immer über Magie informiert und auch über magische Tranks. Sie kennt sich mit solchen Sachen sehr gut aus und aus diesem Grund hat sie es irgendwie geschafft Königin zu werden", antwortete er.

„ Konntest du sie nicht aufhalten?", fragte ich ihn.

„ Ich wollte sie aufhalten, aber sie verzauberte mich paar Tage davor, sodass ich mich nicht aus meinem Haus bewegen konnte. Wenn die Magie in die falschen Hände gelangt, dann können die schrecklichsten Dinge passieren. Wir müssen sie auf jeden Fall aufhalten und das so schnell wie möglich. Denn wenn sie Dreamcity zerstört, sind wir alle verloren.", sagte er mit einer warnenden Stimme.

Wir hörten quietschende Reifen und wir wussten direkt, dass unsere Eltern da sind.

„ Was machen wir denn jetzt?", fragte ich.

„ Ich bleibe hier. Ich muss dringend mit euer Mutter reden. Sie könnte vielleicht Tarila stoppen und uns auch ihren Plan erzählen", sagte Schnieder.

Wir saßen zu dritt ruhig und warteten bis unsere Eltern das Wohnzimmer betraten.

Kapitel 6

Meine Eltern betraten das Wohnzimmer und meine Mutter schaute überrascht, dass wir mit unserem Opa, den sie vor kurzen noch mit Alexander´s Mutter entführt hatte, zusammen saßen und auf sie warteten.

„ Setz dich, bitte!", sagte Schnieder zur meiner Mutter.

Meine Mutter setzte sich hin während mein Vater in der Küche verschwand.

„ Ist etwas vorgefallen?", fragte meine Mutter besorgt.
„ Du weißt was los ist und warum ich hier bin.", sagte
Schnieder mit ernster Stimmlage.
Meine Mutter versuchte die ganze Zeit zu tun als wüsste
sie von nichts. Wurde sie so manipuliert von meiner Tante,
dass sie uns nicht traute die Wahrheit zu sagen? Oder
möchte sie wirklich Dreamcity mit Tarila zerstören?
„ Tarila und du habt doch einen Plan. Und wir wissen
welchen Plan ihr habt.", sagte Opa.
Meine Mutter antwortete nicht und guckte unseren Opa
nur fragend an. Sie konnte echt gut spielen. Hätten wir ihre
Unterhaltungen nicht belauscht, könnte man denken, dass
meine Mutter wirklich von nichts wüsste.
„ Warum lügst du uns an? Wie können wir dir jemals
wieder vertrauen", sagte Sabrina.
Ich sah an dem Gesicht von meiner Mutter, dass Sabrina
sie mit dieser Aussage getroffen hatte. Ihre Augen wurden
feucht und eine Träne lief auf ihre zarte Wange. Meine
Mutter wischte die Träne schnell weg und versuchte ihre
anderen Tränen zu unterdrücken.
„ Es tut mir leid! Ich brauche einen kleinen Moment für
mich alleine", sagte meine Mutter zu uns allen und ging in
die Küche.
Waren wir etwas zu aufdringlich zu meiner Mutter? Hätten
wir etwas sanfter sein sollen?
Vielleicht hätte ich nur mit ihr reden sollen? Was hatte
Sabrina noch herausgefunden? Diese Gedanken kamen
und wollten aus meinem Kopf nicht mehr gehen.
„ Sabrina! Du hast noch etwas herausgefunden. Du kannst
es uns jetzt erzählen bis Mom sich wieder
zusammengerissen hat.", machte ich ihr den Vorschlag.
„ Stimmt, hätte ich fast schon vergessen.", sagte sie.

„ Ich hörte wie Mom mit Tarila telefonierte. Sie redeten wie sie diese Stadt Stück für Stück zu Tarilas Stadt machen wollen. Als Mom dann in die Küche verschwand, um sich einen Tee zu machen, schlich ich mich in das Arbeitszimmer. Auf dem Tisch lag ein Plan in welcher Reihenfolge sie beginnen wollen. Ich machte schnell ein Foto und ging schnell wieder raus, bevor Mom wiederkam.", erzählte uns Sabrina.

Meine Schwester holte ihr Handy raus und zeigte unseren Opa und mir den Plan. Tatsächlich ging Tarila nach der Reihenfolge. Als erstes stand dort Schnieder zu entführen und dann die Familienchronik zu verbrennen. Als nächstes waren laut dem Plan die Denkmäler und die Museen dran. Ich schaute zu Opa herüber und sah, dass er ziemlich besorgt war. Das schlimmste war, dass wir nicht wussten, wann Tarila diese Taten umsetzten möchte und wollte.

„ Eine Frage habe ich noch. Woher wusstest du das wir im Schloss waren?", fragte ich sie.

„ Nun ja. Ich habe euch überall gesucht und als ich euch nicht gefunden habe, wurde mir klar, dass du und Alexander höchst wahrscheinlich im Schloss seid.", antwortete sie.

Die Wohnzimmertür öffnete sich und Mom kam rein. Sie setzte sich auf einen Stuhl und schaute uns schweigend an. Ich wusste nicht, ob sie jetzt bereit war uns alles zu erzählen oder nicht. Würde sie sich jetzt trauen uns sich zu öffnen oder nicht?

„Ich habe über alles nachgedacht.", sagte meine Mutter und schwieg wieder für eine Weile.

„Ich würde gerne erst mal mit meinen Töchtern reden. Vater, du könntest in die Küche gehen und Tee trinken und etwas Kuchen essen während du wartest. In Ordnung?", fragte sie ihn.

Mein Opa verließ den Raum und Sabrina und ich waren gespannt was unsere Mutter uns jetzt alles zu erzählen hatte. Sie setzte sich uns gegenüber und fing an zu erzählen.

„ Ich weiß gar nicht wo ich anfangen soll.", sagte sie.

Ich bemerkte an ihrem Gesichtsausdruck und an ihrer zittrigen Stimme, dass sie sehr nervös und aufgereckt war.

„ Es tut mir sehr sehr leid, dass ich euch die ganze Zeit belogen habe. Es war ein großer Fehler euch viele Sachen zu verheimlichen. Ich hätte von Anfang an alles erzählen sollen. Es stimmt euer Vater und ich wurden hier in Dreamcity geboren. Wir beide lebten hier bis wir zweiundzwanzig waren und dann sind wir nach Manchester gezogen. Euer Dad mochte es sehr in Dreamcity zu leben, aber ich nicht. Ich habe es schon immer gehasst. Alle wollten nur mit mir etwas zu tun haben, wenn mein Vater ihnen Magie gab. Aber dies tat er natürlich nicht. Was übrigens eine sehr richtige Entscheidung war. Ich hatte nur eine Freundin und das war Ulita, die Mutter von Alexander. Irgendwann wollte ich unbedingt Magie haben und euer Opa meinte ich wäre bereit dafür eine Auserwählte zu werden. Ich bekam Magie, aber ich übte nicht wirklich für die Prüfung, schließlich wollte ich auch keine Königin werden, sondern einfach nur Magie haben, um es den ganzen Leuten zu zeigen und es denen heimzuzahlen, dass sie mich ausgelacht haben und mich ausgegrenzt haben. Aus diesem Grund nahm euer Opa mir meine Magie.", erzählte sie uns.

„ Was hast du danach gemacht?", fragte ich gespannt.

„ Ich habe es in Dreamcity nicht mehr ausgehalten und deshalb entschied ich nach Manchester zu ziehen und dort ein neues und glückliches Leben anzufangen.", erzählte sie weiter während wir ihr sehr genau zu hörten.

„ Was ist mit Tarila?", fragte Sabrina.

„ Tarila ist meine etwas jüngere Schwester, eure Tante wie ihr ja bereits wisst. Wo wir noch Kinder waren hatten wir ein super Verhältnis miteinander. Doch als sie älter wurde, wollte sie nur noch Königin werden und Macht bekommen. Ich wahr echt froh als ich dann nach Manchester gezogen bin, so musste ich mit ihr nichts mehr zu tun haben. Sie wollte früher immer, dass ich ihr Versuchskaninchen bin, damit sie die unterschiedlichsten Dinge an mir ausprobieren konnte. Nur um dann es für ihr Machtvorhaben anzuwenden.", fuhr Mom fort.

„ Aber du hattest mit ihr danach noch Kontakt , weil sonst würden wir nicht hier sein, oder?", fragte ich Mom.

Zum ersten mal war Mom nach einer langen Zeit wieder ehrlich zu uns und ich wusste direkt, dass sie uns nicht anlog, sondern uns die Wahrheit erzählte.

„ Wir hatten für eine lange Zeit keinen Kontakt bis sie mich vor einem Jahr wieder an-schrieb und mit mir Kontakt haben wollte. Ich war skeptisch und wusste nicht ob ich wirklich mit ihr Kontakt aufnehmen sollte, aber dann fing sie an von ihren Plänen zu erzählen wie sie es euren Opa heimzahlen möchte und ich entschied mich ihr dabei zu helfen.", sagte sie.

„ War Schnieder so schlimm, dass Tarila und du die Stadt verändern wollt?", fragte diesmal Sabrina.

„ Ihr könntet Detektivinnen werden. Ihr wisst bereits schon vieles. Ich hatte immer so ein Gefühl als würde er die Magie viel mehr lieben als seine eigenen Töchter. Er ließ Tarila und mich oft im Stich und wir fühlten uns alleine gelassen.", sagte Mom während sie versuchte ihre

Tränen zu verkneifen.

Sabrina und ich gingen zu unserer Mutter und wir umarmten sie. Ich habe verstanden, dass meine Mutter von unserer Tante beeinflusst wurde.

„ Ich werde nicht mehr dabei mitmachen. Ich habe sehr egoistisch gedacht. Ich bin ein furchtbarer Mensch.", sagte Mom.

In diesem Moment kam unser Opa ins Wohnzimmer rein und kam ein Schritt näher auf Mom zu.

„ Es tut mir leid, dass du dich früher als Kind oft im Stich gelassen gefühlt hast. Du hattest recht. Ich war die ganze Zeit nur damit beschäftigt nach Auserwählten zu suchen und mich um die Magie zu kümmern anstatt um meine zwei Töchter. Ich hoffe, dass du mir noch einmal verzeihen kannst.", entschuldigte sich unser Opa beim Mom.

Mom kam näher zu ihm und umarmte ihn und Sabrina und ich fingen an zu weinen, weil es so rührend war. Als sich Mom und unser Opa auf das Sofa hinsetzten und sie weiter erzählen wollte, hörten wir von weiten wie viele Menschen schrien. Dad kam ins Wohnzimmer und sagte zu uns, dass auf dem Marktplatz viel Unruhe herrschte. Uns allen wurde klar, dass Tarila genau in diesem Moment die ganzen Denkmäler zerstören wollte.

Wir rannten aus dem Haus und liefen so schnell wie wie nur konnten zum Marktplatz. Tatsächlich sahen wir, wie die Anhänger der Königin, die ganzen Denkmäler zerstörten. Viele Bürger versuchten sie aufzuhalten, aber es half nichts dagegen, weil die Königin die Anhänger mit einer Schutzblase beschützte, damit sie in Ruhe alles kaputt machen konnten.

„ Da bist du ja endlich!", sagte Alexander erleichtert.

Ich sah, dass er völlig außer Atem und komplett verschwitzt war.

„ Ich habe dich tausend mal angerufen und dir geschrieben. Wo warst du?", fragte er mich.

Ich holte mein Handy aus meiner Jackentasche raus und tatsächlich hat er mich angerufen und mir viele Nachrichten geschrieben.

„ Ohh. Wir hatten eine familiäre Angelegenheit. Meine Mutter hat angefangen uns die Wahrheit zu erzählen. Sie unterstützt Tarila nicht mehr.", sagte ich glücklich.

„ Das freut mich sehr. Wir können später weiterreden. Wir müssen die Anhänger stoppen.", sagte er mit einer etwas müden Stimme.

Schnieder rannte mit den vier Auserwählten, die ebenfalls schon etwas länger hier waren zu den Anhängern hin und sie zerstörten zu fünft die Schutzwand. Doch leider etwas zu spät. Die meisten Denkmäler, die hier standen, wurden bereits zerstört und lagen in Trümmern auf dem Boden. Es war ein trauriger Anblick für alle Bewohner der Stadt. Sie fingen an auf die Anhänger loszugehen und versuchten sogar in das Schloss hereinzustürmen vor Wut auf die Königin. Ich schaute auf meine Mutter und ich sah an ihrem Gesichtsausdruck, dass sie jetzt gemerkt hatte, dass ihr Dreamcity doch etwas bedeutete, schließlich gab es hier auch gute Momente. Meine Mutter schaute mich fassungslos an und sie wusste, dass sie sich nie mehr von Tarila manipulieren lassen wollte . Die Wachmänner der Königin und die Bewohner bekämpften sich gegenseitig. Ich hatte zu vor noch nie so eine Unruhe in einer Stadt erlebt wie jetzt gerade eben. Ich fragte mich die ganze Zeit, ob Tarila davon überhaupt etwas mitkriegte und warum sie nicht versuchte, dass Volk zu beruhigen? Doch dann fiel mir direkt wieder ein, dass das Volk ihr total egal war. Ich sah wie mein Opa sich zu dem Volk und den Wachmänner hindurch quetschte und sie auf einmal alle aufhörten sich zu bekämpfen. Ich fand es sehr bemerkenswert. Wie hat er es geschafft ohne überhaupt etwas zu sagen? Hat er seine Magie verwendet? Alexander kam zu mir herüber und sagte mir, dass er einen Zauber verwendet hatte, wo die Leute mit all den Sachen die sie gerade machten direkt aufhörten und nicht weitermachen konnten und dass er den Zauber nur anwendete, wenn es einen Notfall gab. Schnieder lief die Treppe bis zur höchsten Stufen und schaute auf uns alle.

„ Wir sollen uns nicht gegenseitig bekämpfen. Gewalt ist nie eine Lösung.", sagte mein Opa mit einer lauten Stimme.

„ Was gerade eben passiert ist, ist bis jetzt in der ganzen Geschichte von Dreamcity noch nie passiert und eins kann ich euch sagen, so etwas wird nicht noch einmal vorkommen. Ich werde mich persönlich darum kümmern, dass die Königin verbannt wird.", sagte er und versuchte dabei die Menschen zu beruhigen.

„ Oh nein.", sagte Mom und schaute besorgt.

„ Was ist los?", sagten Alexander, meine Schwester und ich gleichzeitig.

„ Museum! Tarila hat nichts von der Unruhe hier mitbekommen, weil sie jetzt das aller älteste Museum zerstört.", sagte sie.

„Wir müssen es Opa sagen.", sagte ich.

„ Dazu haben wir keine Zeit und außerdem hat er gerade genug zu tun.", sagte Mom.

„ Ich muss sie aufhalten und mir ihr reden.", führte meiner Mutter noch fort.

Sie rannte zu den Taxiständen und Sabrina und ich rannten ihr hinterher. Alexander blieb dort um Schnieder zu helfen.

Kapitel 7

Wir stiegen aus dem Taxi aus und rannten direkt ins Museum rein. Schon als wir den Museumseingang betraten, sahen wir eine Verwüstung. Es lagen kaputte Möbel auf dem Boden, Bilder und viele Papiere. Das Museum war riesig, deshalb teilten wir uns auf. Sabrina rannte nach links zum Abteil wo es um die Vergangenheit von Dreamcity ging, meine Mutter gerade aus wo es um ehemalig Könige und Königinnen ging und ich rannte nach rechts wo es um Mode und Technik von Dreamcity ging. In meinem Abteil war sie bis jetzt anscheinend noch nicht. Alle Ausstellungen standen immer noch da und nichts lag auf dem Boden. Ob Mamas - und Natalias Abteil schon von Tarila verwüstet wurden? Jetzt als ich so darüber nachdachte, wurde mir klar, dass es nichts nützte in diesem Abteil wo ich war etwas zu zerstören, da es nicht wirklich viel bringen würde. Es handelte sich hier weder um die Entstehung und Entwicklung von Dreamcity noch von der Königsherrschaft. Da ich hier keine Spur von meiner Tante fand, ging ich in das Abteil meiner Mutter. Ich sah sie nirgendwo. Ich lief mehrere Runden durch das Abteil mit der Hoffnung Mom zu sehen. Doch die Hoffnung starb. Ich fand sie nicht! In dem Moment fing ich an etwas zu zittern und mein Herz fing an ziemlich schnell zu schlagen. Was ist wenn Tarila Mom etwas angetan hat? Aber hätte sie dann nicht um Hilfe gerufen? Und hätten wir es nicht eigentlich mitbekommen? Ich schrie die ganze Zeit nach meiner Mutter, aber ich bekam keine Antwort. Ich rannte zum Abteil meiner Schwester und hoffte sehr, dass es ihr gut ging und das Mom bei ihr war. Als ich ihr Abteil betrat sah ich meine Schwester mit Tarila zusammen, die laut und fröhlich lachten.

„ Sabrina! Was machst du da zusammen mit Tarila?", fragte ich sie erstaunt.

Ich sah in Sabrinas Augen und dabei bemerkte ich, dass ihre schönen grünen Augen, nicht mehr grün, sondern dunkel lila waren.

„ Sabrina! Was ist passiert? Was hat dir dieser blöde Mensch angetan?", fragte ich unruhig.

Meine Schwester antwortete nicht und schaute mich sogar nicht einmal an. Sie war nicht mehr die Sabrina, die meine Schwester war, sondern ein komplett fremder Mensch.

„ Tja. Sie hört jetzt nur noch auf mich. Unglaublich für was etwas Magie fähig ist, nicht wahr Milena?", sagte Tarila mit einem arroganten und eingebildeten Blick.

Ich wünschte mir in dem Moment einfach nur in Manchester wieder zu sein und nichts über meine Tante und allgemein nichts über Dreamcity zu wissen, aber stattdessen steckte ich mittendrin in einer nicht vorhersehbaren Situation.

„ Mach sie fertig!", befahl Tarila Sabrina.

Nachdem meine Tante Sabrina ein Kommando gab, kam meine Schwester auf mich zu und schubste mich mit voller Kraft ganz weit nach hinten an die Wand. Sie wurde richtig aggressiv und wollte mich wortwörtlich fertig machen. Ich versuchte sie die ganze Zeit mit meinen schwachen Armen sie von mir fernzuhalten, aber das klappte nicht auf Dauer. Sie trat mir gegen mein Bein und wollte meine Arme fesseln, aber genau in dem Moment schaffte ich mit voller Kraft mich von ihren Händen herauszureißen und rannte so schnell ich konnte weiter weg von ihr. Ich war etwas Stolz auf mich, dass ich anscheinend doch nicht so schwach war, wie ich immer dachte.

„ Was hast du mit ihr gemacht?", schrie ich wütend auf Tarila während ich von meiner eigenen Schwester die ganze Zeit wegrannte.

„ Ich habe sie so zusagen hypnotisiert, meine Liebe.", antwortete sie mit einem bösen und schiefen lächeln.

Ich lief immer noch weiter weg von meiner Schwester, die jetzt sogar noch schneller rannte als davor. Langsam kam ich außer Atem und meine Beine wollten nicht mehr rennen. Ich hielt an und hoffte, dass meine Schwester mich doch verschonte. Sie drückte mich mit einer starken Kraft gegen die Wand.

„ Sabrina. Du wurdest hypnotisiert von Tarila. Du bist gerade nicht du selbst, sondern du machst gerade alles was dieser schlimme Mensch dir sagt. Bitte werde wach.", redete ich ihr ein mit großer Hoffnung.

Ich versuchte sie zu rütteln, damit sie wieder zu Vernunft kam. Ich hatte so gar keine Ahnung was man tun sollte, wenn jemand hypnotisiert wurde, schließlich habe ich es zu vor noch nicht erlebt und ich möchte es auch nicht noch einmal erleben.

„ Bring sie in den Kerker! Da wo auch meine Schwester ist.", befahl Tarila.

Mom wurde also auch erwischt und in den Kerker eingesperrt. Meine Schwester drückte meine Arme sehr stark nach hinten und fesselte mich. Ich hatte diesmal gar keine Chance ihr zu entkommen. Während mich Sabrina in Tarila´s Richtung brachte, eher gesagt schob, weil ich mich weigerte mit ihr zu gehen, versuchte ich nochmal auf

sie einzureden, aber es half nicht. Wir kamen zu Tarila und sie brachte uns mit einem Klatschen ins Schloss zurück. Tarila stieg wieder auf ihren Thron während meine Schwester, die immer noch hypnotisiert war, mich in den Kerker bringen wollte. Ich hielt an und schaute auf sie. „ Bitte Natalia. Werde wieder wie du früher warst. Du bist nicht du. Ich liebe dich doch sehr!", während ich dass zu ihr sagte, was sehr selten war, fing ich an zu weinen. Mir fiel auf, dass ich fast noch nie zur meiner Schwester gesagt habe, wie sehr ich sie eigentlich liebte und ich froh war sie als Schwester zu haben. Mir liefen die Tränen und ich konnte sie in diesem Augenblick nicht stoppen. Ich schaute in die Augen meiner Schwester und sie wurden wieder grün und sie fing an wieder zu sich zu kommen. „ Was ist los? Wie sind wir hierhergekommen? Und warum bist du gefesselt?", fragte sie sich verwundert während sie mich befreite.
„ Du hast wirklich keine Ahnung was gerade los war?", fragte ich sie erstaunt.
„Absolut nicht. Ich kann mich nur noch erinnern, dass wir uns im Museum aufgeteilt haben und ich dann in meinem Abteil Tarila gesehen habe. Sie kam auf mich zu und sagte irgend ein Zauberspruch und ab dem Moment weiß ich nichts mehr.", erzählte sie mir.
Ich schaute ihr die ganze Zeit in die Augen, weil ich so glücklich war, dass sie wieder meine Schwester war und deswegen musste ich sie umarmen, ob es ihr gefiel oder nicht.
Sie schaute mich nur überrascht an, weil ich sie sonst nie umarmte, aber sie sagte nichts zu mir.
„ Würdest du mir jetzt erzählen was vorgefallen ist, bitte.", sagte sie.

„ Du wurdest von Tarila hypnotisiert und dann hast du mich versucht zu fesseln und jetzt solltest du mich in den Kerker bringen. Was ich so mitbekommen habe ist, dass Mom auch im Kerker eingesperrt wurde.", erzählte ich ihr. Natalia war sehr überrascht und konnte es nicht fassen, was Tarila mit ihr gemacht hat.

„ Wir müssen Mom befreien und danach unbedingt Tarila aufhalten, aber wir brauchen Verstärkung von Schnieder und den Auserwählten, denn ohne Magie wird es schwierig wie wir, beziehungsweise du gesehen hast.", sagte Sabrina.

Wir liefen in den Kerker und Sabrina spielte den Wachmänner, die bei den Kerkern wachten, vor als wäre sie immer noch hypnotisiert.

„Hey! Was wollt ihr hier? Ihr dürft hier nicht rein!", sagte ein Wachmann zu uns.

„ Ich führe nur ein Befehl der Königin aus. Ich muss ihre Schwester rauslassen und sie zur Königin bringen.", sagte meine Schwester selbstbewusst.

Die Wachmänner schauten uns mit einem bösen Blick an als hätten wir ihnen etwas angetan.

„ Du warst doch mal selbst im Kerker!", sagte der andere Wachmann und schaute meine Schwester an.

„ Wartet hier. Ich werde die Königin fragen.", sagte der ältere Wachmann und ging nach oben.

Während der eine Wachmann weg war, versuchte Sabrina den anderen irgendwie abzulenken.

„ Und wie gefällt dir es so hier zu arbeiten?", fragte sie.

Der Wachmann fing an die ganze Zeit über sich selbst zureden und merkte nicht, dass ich mich zum Kerker meiner Mutter schlich.

„ Milena!", sagte meiner Mutter froh.

„ Wir müssen uns beeilen!", flüsterte ich.
Ich holte die Haarklammer von meiner Schwester aus
meiner Hosentasche raus, die ich noch vom letzten Mal als
wir unseren Opa und die Auserwählten befreit hatten,
dabei hatte. Ich steckte die Haarklammer ins Schloss und
drehte ihn so, dass sich die Tür öffnete. Ich öffnete die Tür
ganz langsam und leise, damit der Wachmann, der immer
noch über sich selbst sprach, es nicht bemerkte. Meine
Mutter ging leise raus und wir warteten bis meine
Schwester uns ein Kommando gab.
„ Was ist denn das für ein Bild hinter dir?", fragte Sabrina
den jüngeren und anscheinend selbstverliebten Wachmann.
Er drehte sich um und fing an es zu erklären und in der
Zeit rannten wir so schnell wie wir nur konnten hoch und
Sabrina hinterher.
„ Wie kann man nur so selbstverliebt sein.", sagte meine
Schwester uns.
Wir rannten so schnell wie wir nur konnten aus dem Palast
heraus und fuhren zu Schnieder, um ihm alles zu erzählen,
was vorgefallen war. Auf dem Weg dort hin erzählte uns
Mom was genau im Museum mit ihr passiert war.
„ Ich ging in mein Abteil rein und schaute mich erst
einmal um. Ich sah wie alle Gemälde der ehemaligen
Königsherrschaft zerbrochen und auch die königlichen
Roben zerrissen auf dem Boden lagen. An einer Ecke sah
ich ein Schatten und ging in die Richtung. Dort war Tarila.
Sie sah mich und kam zu mir näher. Am Anfang dachte
sie, dass ich ihr helfen würde alles hier zu zerstören, aber
da hatte sie natürlich falsch gedacht. Ich versuchte mit ihr
zu sprechen und sie davon abzuhalten Dreamcity zu
zerstören. Aber es machte keinen Sinn. Sie hörte mir nicht
zu und blieb bei ihrer Meinung, stattdessen versuchte sie

mir wieder einzureden, dass wir es nur gemeinsam schaffen könnten und sie unbedingt meine Unterstützung bräuchte. Das war natürlich eine Lüge, wie wir es alle bereits wissen. Ich wehrte mich und sagte, dass sie damit nicht durchkommen würde und dann sagte sie einen Zauberspruch und plötzlich befand ich mich in einen von den Kerkern.", erzählte uns meine Mutter.

Sabrina und ich erzählten ebenfalls von unseren Begegnungen mit Tarila und was bei uns so vorgefallen war. Meine Schwester war immer noch sehr geschockt, dass sie hypnotisiert wurde und wollte daran nicht mehr denken. Ich überlegte die ganze Zeit, ob ich Alexander mal eine Nachricht schreiben oder ihn anrufen und es ihm auch erzählen sollte. Genau als ich darüber nachdachte, rief er mich an. Ich ging selbstverständlich dran und er erzählte mir, dass er bei Schnieder war mit den Auserwählten und sie jetzt einen Plan sich überlegen wollten und wir auch dazukommen sollten. Zum Glück waren wir ja bereits auf dem Weg und sogar fast da. Wir parkten direkt vor Schnieder´s Haus und sie erwarteten uns bereits schon. Wir kamen ins Wohnzimmer und Alexander und die vier Auserwählten saßen auf dem Sofa und überlegten wie sie am besten vorgehen sollten. Wir setzten uns daneben und Alexander und ich lächelten uns gegenseitig an und dann erzählten wir allen von unserem Treffen mit Tarila im Museum und was sie getan hatte. Alle außer meinem Opa waren geschockt als ich erzählte, dass Sabrina hypnotisiert wurde. Obwohl es meine Schwester eigentlich nicht mehr hören wollte, musste sie es noch einmal verkraften. Es war ja schließlich sehr wichtig, damit die anderen Bescheid wussten zu was Tarila fähig war.

„ Sie ist zu allen fähig!", sagte Schnieder.

Mom erzählte noch über die ganzen Schäden im Museum und über ihr misslungenes Gespräch mit Tarila.

„ Wie wollen wir sie jetzt besiegen?", fragte ich.

„ Sollen wir sie alle gleichzeitig attackieren?", fragte Alexander.

„ Natürlich nicht!", antwortete Schnieder auf Alexander´s Frage.

„ Wir müssen gezielt und raffiniert vorgehen.", sagte er.

Wir alle überlegten, wie wir es am besten machten und jeder von uns überlegte sich einen Plan und schrieb ihn auf, damit es uns dann gegenseitig vorstellen konnten. Nach einer Weile voller Überlegungen hatte jeder einen Plan. Alexander wollte unbedingt als erster seinen Plan vorstellen. Doch sein Plan gefiel Schnieder nicht und ich musste etwas lachen. Er wollte sie mit Gewalt besiegen. Auch wenn wir sie alle hassten, mussten wir anders handeln, weil sie sehr gefährlich werden konnte. Dann stellten die Auserwählten ihre Pläne vor, die gar nicht mal so schlecht waren. Ihr Plan war es sich in das Schloss mit all den Bürgern hineinzustürmen und die Anhänger auf unsere Seite zu ziehen, so dass Tarila alleine da steht und dann gegen sie kämpften, natürlich mit Magie. Der Plan von meiner Mutter, meiner Schwester und mir war ähnlich, außer dass Mom nochmal ins Schloss geht und mit ihr spricht um sie abzulenken, damit wir in der Zeit die Anhänger auf unsere Seite ziehen konnten und wir dann Tarila in den Place of NoMagic einsperren. Schnieder fand alle Pläne relativ gut. Wir versuchten die ganzen Pläne so gar Alexander´s Plan zu einem gemeinsamen Plan zu machen.

Kapitel 8

Es war ein sehr langer Abend. Wir alle saßen sehr lange und überlegten uns den perfekten Plan. Schließlich haben wir ihn entworfen und ich war ziemlich zufrieden mit dem Plan. Wir haben überlegt, dass die Auserwählten, Alexander, meine Schwester und ich uns als Anhänger ausgeben und dann versuchen die richtigen Anhänger umzustimmen während meine Mutter versucht Tarila vorzuspielen als wäre sie wieder dabei und ihr helfen würde Dreamcity zu zerstören. In der Zeit schleicht sich Schnieder in den Palast rein und bereitet für Tarila eine Falle vor. Nachdem wir den Plan noch einmal gründlich besprochen haben, gingen wir nach Hause um uns noch etwas auszuruhen, bevor es morgen ernst wird. Während meine Mutter meine Schwester, Alexander und mich nach Hause fuhr, herrschte im Auto eine Stille. Wir alle dachten über den Plan nach und machten uns darüber Gedanken, ob alles klappen würde oder nicht? Um ehrlich zu sein, war ich sehr nervös vor morgen. Ich spürte so ein mulmiges Gefühl im Bauch und als ich darüber nachdachte und mir vorstellte was alles so schiefgehen könnte, wurde mir schlecht. Was ist wenn Tarila uns erwischt und uns alle verzaubert, bevor Schnieder uns retten kann? Oder was ist wenn sie Schnieder verzaubert? Ich sollte aufhören überhaupt solche Gedanken zu haben. Ich versuchte mich selbst zu beruhigen in dem ich mir selbst immer wieder zu sprach, dass morgen alles nach Plan laufen würde und wir gewinnen werden. Allerdings waren meine negativen und ängstlichen Gedanken stärker als meine beruhigten und positiven Gedanken. Bevor ich weiter darüber nachdenken konnte, waren wir schon zuhause angekommen und meine Mutter und meine Schwester gingen schon mal vor ins Haus während ich noch kurz draußen mit Alexander war.

„Alles wird gut gehen, Milena!", sagte er mit einer beruhigten Stimme.

„Wir haben ein tolles Team und du bist das mutigste Mädchen, das ich kenne.", fuhr er mit einem Lächeln fort.

„Danke", bedankte ich mich bei ihm.

„Und du bist der beste Freund, den man auf der Welt überhaupt haben kann.", machte ich ihm auch ein Kompliment zurück.

Wir kamen uns näher und wir umarmten und küssten uns. Und schon wieder raste mein Herz als er mich küsste. Er schaute mich an und wischte mir meine braune Haarsträhne aus dem Gesicht mit seiner kraftvollen und zu gleich weichen Hand und er lächelte mich mit seinem charmanten Lächeln an.

„Schlaf schön!", flüsterte er mir ins Ohr.

„Du auch!", flüsterte ich ihm zurück.

Wir verabschiedeten uns und gingen beide nach Hause. Ich ging ins Haus und sah, dass meine Mutter noch nicht schlief. Sie war wahrscheinlich ebenfalls sehr aufgeregt vor morgen. Sie musste den wichtigsten und schwierigsten Part machen. Ich ging zu ihr ins Wohnzimmer, wo sie auf dem Sofa saß und Tee trank.

„Mom. Ist alles in Ordnung?", fragte ich nach.

„Ich mache mir einfach nur sehr große Sorgen wegen morgen. Ich habe Angst, dass euch etwas passiert und Angst, dass Tarila uns allen etwas antut und wir können danach nichts mehr dagegen tun.", antwortete mir meine Mutter und trank einen Schluck von ihrem Tee.

Ich versuchte meiner Mutter etwas von ihren Sorgen

zunehmen, obwohl ich selbst sehr große Angst davor hatte, was morgen alles passieren könnte.
„ Wir werden es schaffen!", machte ich ihr und mir selber Mut.
Sie umarmte mich und wir machten uns noch gegenseitig Mut und dann versuchten wir etwas zu schlafen. Es blieb nämlich gar nicht mehr so viel Zeit bis morgen. Ich ging in mein Zimmer und war so müde von den heutigen Ereignissen und Gedanken, dass ich in meinen schwarzen Hosen und in meinem Camouflage T-shirt direkt einschlief.

Kapitel 9

Ich spürte Sonnenstrahlen auf meinem Gesicht und hörte Vögel zwitschern. Es war ein schöner, sonniger Tag. Ich drehte mich auf die rechte Seite und schaute auf meine Uhr, die auf meinem Nachttisch stand. Wir hatten gerade mal 7:00 Uhr und mir wurde so langsam wieder bewusst, was heute für ein Tag war. Ich wollte es nicht so ganz wahr haben. Ich hoffte, dass alles was ich bis jetzt hier so erlebte, doch nur ein Traum war. Aber diese Hoffnung starb schnell als meine Mutter reinkam und zu mir sagte, dass wir in einer halben Stunde uns bei Schnieder treffen. Mein ganzer Körper wollte nicht aus dem Bett aufstehen und meine Beine weigerten sich, wahrscheinlich weil ich selbst darüber nachdachte was wäre wenn ich einfach liegen bleiben würde? Leider konnte ich es nicht mit meinem Gewissen vereinbaren, weil schließlich wir alle zusammenhalten sollten. Letztendlich stand ich auf und zog mich um. Ich ließ meine schwarze Hose an und wechselte nur mein Camouflage T-shirt in ein einfaches schwarzes T-shirt um. Ich kämmte mir noch schnell meine mittellangen braunen Haare und ging in die Küche um noch schnell etwas kleines zu mir zunehmen. Als ich die Küche betrat, saßen bereits meine Mutter und meine Schwester am Tisch und aßen. Ich setzte mich zu ihnen und aß mein Lieblingstoastbrot mit Marmelade und Erdnussbutter.

„ Ich wünschte mir, dass dieser Tag schon vorbei wäre.", sagte Sabrina.

„ Ich glaube, dass es sich jeder von uns wünscht.", antwortete meine Mutter darauf.

Ich schwieg die ganze Zeit am Tisch, weil ich erstens noch ziemlich müde war und zweitens ich mir selbst Gedanken machte, wie es heute wohl sein würde. Meine Mutter, die selbst ziemlich aufgeregt war, bemerkte mein Verhalten und versuchte mich zu ermutigen.

„ Milena, du brauchst keine Angst zu haben. Ich weiß, dass alles gut gehen wird. Du hast dich schon einmal als eine Anhängerin ausgegeben und dieses mal wirst du es selbstverständlich auch schaffen und vergiss nicht, du bist nicht allein.", machte mir meine Mutter Mut.

Tatsächlich fühlte ich mich etwas leichter. Sie hatte recht. Ich war nicht allein und ich habe es schon einmal geschafft eine Anhängerin zu spielen. Also werde ich es dieses Mal auch schaffen und dass mit meiner Schwester, Alexander und den vier Auserwählten, die übrigens Magie besitzen, falls doch irgendetwas sein sollte, was ich natürlich aber nicht hoffte und nicht hoffen wollte. Während wir uns auf dem Weg zu Schnieder machten, dachte ich über paar Filmszenen in meinen vielen Lieblingskriminalfilmen nach, wie sie sich auch in Gefahr begehen mussten und dass nur um andere Menschen zu retten oder zu schützen.

Ich war so vertieft in die Szenen, dass ich nicht mal bemerkte, dass wir schon da waren. Ich stieg aus dem Auto aus und ging direkt zu Alexander, der auch gerade mit seinem Fahrrad ankam. Wir umarmten uns direkt und dann gingen wir alle gemeinsam ins Haus von meinem Opa, damit wir noch einmal alles durchgehen konnten, bevor es dann Ernst wurde.

„ Habt ihr den Plan alle verstanden?", fragte mein Opa uns.

Wir alle nickten und man merkte an unseren Gesichtsausdrücken, dass jeder einzelne von uns sehr nervös war, sogar Schnieder.

„ Seid ihr auch alle bereit?", fragte Schnieder uns.

Wie schon bei seiner vorherigen Frage nickten wir alle wieder. Niemand schaffte es einen Ton herauszubringen, weil wir alle besorgt und aufgeregt waren.

Wir wünschten uns alle gegenseitig Glück und Erfolg und dann ging es los. Unser ganzes Team fuhr zum Marktplatz und wir liefen zu einem Stoffstand, wo es die aller möglichsten Arten von Stoffen gab. Von dort hatte Alexander auch die Umhänge vom letzten Mal herbekommen. Der Inhaber des Standes gab uns sieben schwarze Umhänge und wir zogen uns die Umhänge hinter seiner Hütte an, damit uns niemand sah. Meine Mutter wartete so lang in der Nähe des Schlosses auf uns.

„ Ich wünsche euch viel Erfolg.", wünschte uns der Inhaber.

Jetzt wurde mir noch klarer vor den Augen, dass die Situation nicht nur Ernst war, sondern wir das Volk damit retteten und Dreamcity selbst. Alexander und ich nahmen meine Mutter an den Armen. Ich nahm sie am linken Arm und Alexander am rechten Arm und hinter uns liefen meine Schwester und die vier Auserwählten. Wir taten so als schickten wir meine Mutter zur Königin. Je näher wir an die Wachen kamen, desto nervöser wurde ich. Schließlich wusste man nie, ob die Wachen die Anhänger kontrollierten oder nicht. Ich drückte die ganze Zeit die Daumen, dass wir ganz normal durchlaufen konnten, aber leider brachte das Daumen drücken absolut nichts. Die Wachen versperrten uns den Eintritt mit ihren Sperren und verlangten von uns, dass wir unsere Kapuzen runter machen sollten. Mein Herz fing an zu rasen und ich wusste nicht was wir jetzt tun sollten. Für einen kurzen Augenblick dachte ich, dass jetzt alles vorbei sei und dass wir erwischt werden und alle für immer in den Kerker kommen. Plötzlich sah ich einen kleinen hellen Strahl bei den Wachmännern und sie ließen ihre Sperre fallen und machten uns den Weg frei. Ich vergaß, dass hinter mir vier Menschen waren, die Magie besaßen. Wie konnte ich es bloß nur vergessen? Wir traten in den Palast ein und gingen in den größten Raum im Palast. Nämlich der königliche Regierungsraum.

„ Ich weiß nicht, ob ich es wirklich schaffen kann vor ihr nochmal zu stehen.", flüsterte uns meine Mutter zu.
Ich verstand natürlich meine Mutter, aber wir haben nun einmal keine Wahl.
„ Mom! Du bist einer der mutigsten und stärksten Menschen die ich kenne.", sagte ich zu ihr mit einem stolzen Lächeln.
„ Ich hab euch nicht verdient.", sagte sie und ich sah ebenfalls ein stolzes Lächeln in ihrem Gesicht.
„ Tun wir es!", sagte sie und wir begleiteten sie in den Raum wo Königin Tarila auf ihrem Thron saß.
Tarila schaute uns überrascht, aber mit einem bösen

Gesichtsausdruck an.

„ Was möchte meine Schwester denn hier?", fragte Tarila uns.

„ Sie möchte mit Ihnen reden, eure Hoheit.", antwortete Alexander, der sich stark zusammen reißen musste, damit er Tarila nicht beleidigte oder nicht auf sie losging.

„ Lass sie hier und ihr könnt weiter an meiner Statue arbeiten.", befall sie uns allen.

Wir ließen meine Mutter alleine mit Tarila und machten uns auf den Weg wo sich die anderen Anhänger befanden.

„ Weiß jemand wo sich die Anhänger befinden?", fragte Sabrina.

Als Alexander und ich beim ersten Mal hier im Schloss drinnen waren, hatten wir keine Zeit uns überhaupt im Schloss umzugucken wo was war. Niemand von uns wusste also wo sich die Anhänger der Königin befanden. Es lief nicht gerade gut für uns. Wir waren nämlich unter Zeitdruck, denn wir wussten nicht wie lange Mom Tarila ablenken konnte und wie es überhaupt bei ihr lief. Wir entschieden uns aufzuteilen und somit schneller die Anhänger zu finden. Als wir gerade alle wo anders hingehen wollten, lief ein Anhänger auf uns zu.

„ Kommt! Was steht ihr hier so rum? Wir müssen weiter an Tarila´s Statue arbeiten.", sagte zu uns allen ein Anhänger und ging weiter und wir liefen ihm hinterher. Endlich waren wir in dem Raum wo sich alle Anhänger befanden. Der Raum befand sich im Erdgeschoss des Palastes ganz weit hinten und er war riesig, aber düster. Wir betraten den Raum und waren geschockt. Im Raum befand sich eine riesige steinerne Statue von Tarila, der Königin. Es arbeiteten rund 20 Anhänger an ihr und wir waren mittendrin. Wir schauten uns alle gegenseitig an und konnten es nicht fassen was gerade hier vorging. Wie kann sie nur eine so riesige Statue von sich bauen lassen ohne ein schlechtes Gewissen zu haben? Sie hat es absolut nicht verdient. Ihr Denkmal sollte nach den Meinungen von den Auserwählten, Alexander, meiner Schwester und mir zerstört werden. Alexander rief alle Anhänger zu sich und wir standen neben ihm und unterstützten ihn dabei die Anhänger zu überreden auf unsere Seite zu wechseln.

„ Warum unterstützt ihr überhaupt die Königin, wenn sie eh zu euch gemein ist.", fragte Alexander die Anhänger. Alle Anhänger mussten einen Moment lang überlegen, weil sie es tatsächlich nicht wussten. Dann sagten manche, dass sie hofften etwas Macht von Tarila zu bekommen und endlich mal von jemanden geschätzt zu werden. Mir wurde klar, dass die Anhänger einfach sehr wenig Liebe und Respekt bekamen und sie so hofften auf mehr Anerkennung und so wie Mom es früher als Teenager machen wollte, den Leuten zu zeigen wie viel Macht sie haben. Aus diesem Grund unterstützen und taten sie alles was die Königin wollte.

„ Es ist aber kein Grund einen bösen Menschen nur wegen diesen Wünschen zu unterstützen.", sagte ein Auserwählter.

„ Nur ihr könnt etwas ändern. Und ihr seid doch Tarila völlig egal. Sie hat nur ein Ziel vor Augen. Sie möchte Dreamcity zerstören und ihre eigene Stadt gründen, damit sie vor niemanden mehr Angst haben muss.", sagte Alexander mit einer tiefgründigen Stimme, die ich vorher noch nie bei ihm hörte.

Die Anhänger fingen langsam an zu verstehen, dass Tarila eine gemeine und egoistische Person war.

„ Wir können doch jetzt eh nichts mehr daran ändern.",

sagte ein Anhänger.

„ Natürlich könnt ihr es. Ihr unterstützt uns bei unserem Plan.", sagte Alexander und wir zogen genau in diesem Augenblick unsere Kapuzen runter,damit die Anhänger uns vertrauten. Als sie uns dann richtig sahen, konnten sie ihren eigenen Augen nicht trauen als sie die vier Auserwählten sahen. Sie knieten sich vor den Auserwählten nieder und baten um Verzeihung für ihr Verhalten.

„ Wir werden euch verzeihen, wenn ihr uns dabei hilft Tarila aufzuhalten.", sagte der älteste von den vier Auserwählten.

Sie nickten und wir fingen an ihnen den Plan zu erzählen. Ich selbst hätte niemals gedacht, dass es so einfach wäre, die Anhänger auf unsere Seite zu ziehen. Hatten sie einfach nur Angst von den Auserwählten verzaubert zu werden? Oder wollten sie vielleicht wirklich der Königin nicht mehr helfen, aber sie hatten einfach nur Angst Widerstand zu leisten, weil sie nicht wussten was die Königin mit ihnen anstellen würde? Das wichtigste war aber, dass sie jetzt auf unserer Seite waren. Sie kamen näher zu uns und wir erklärten ihnen den Plan und sie fanden in sehr gut. Man sah ihnen an, dass sie sich jetzt schon freier fühlten. Die Anhänger blieben mit den Auserwählten hier während Alexander, Sabrina und ich zu Schnieder in die königliche Bibliothek rannten.

„ Und konntet ihr die Anhänger auf eure Seite bringen?", fragte uns Schnieder.

„ Ja. Ich muss sagen, dass es bis jetzt alles nach Plan läuft.", sagte ich.

„ Perfekt!", antwortete er.

„ Dann werden wir mal schauen wie es bei eurer Mutter so

läuft.", sagte er.

Schieder versteckte eine kleine Minikamera in die silberne Herzkette meiner Mutter, damit wir über alles Bescheid wussten, was gerade bei ihr vorging und wann für uns der perfekte Moment war in den Raum zu stürmen. Wir stellten uns neben meinen Opa und schauten auf die magische Uhr meines Opas, die uns meine Mutter zeigte. Wir sahen wie meine Mutter immer noch mit Tarila sprach. Meine Mutter versuchte so gut wie sie nur konnte zu spielen als hätte sie sich wieder dazu entschieden mitzumachen. Doch Tarila glaubte meiner Mutter anscheinend nicht mehr und wurde wütend. Das war für uns ein Zeichen, dass wir jetzt mit den ganzen Anhängern in den Regierungsraum der Königin stürmen werden. Schnieder gab durch seine magische Uhr ein Zeichen, so dass die Auserwählten Bescheid wussten, dass es jetzt losging. Wir alle liefen so schnell wie wir nur konnten in Richtung des königlichen Regierungsraumes. Ich machte mir etwas Sorgen. Ich wusste nämlich zu was Tarila so fähig war und genau das machte mir Angst, weil meine Mutter mit ihr in einem Raum war und keine Chance gegen Tarila hatte. Wir kamen an und Schnieder öffnete die Tür und die Anhänger, die Auserwählten und wir stürmten rein. Nun war es so weit. Genau vor diesem Moment hatte ich am meisten Angst und jetzt wurde er wahr. Wir alle standen vor Tarila´s Thron, da wo auch meine Mutter stand. Ich war sehr froh, dass es meiner Mutter gut ging. Tarila stand vom Thron auf und schaute auf uns alle ein paar Sekunden.

„ Gib auf Tarila. Du hast verloren!", sagte Schnieder.

„ Ich werde niemals aufgeben!", sagte sie.

„ Du hast schon genug Schaden angerichtet.", sagte

Schnieder mit einer wütenden Stimme.

„ Tja. Ihr müsst aber erst einmal gegen meine Anhänger kämpfen.", sagte Tarila und lachte.

Aber da lachte sie umsonst. Die Anhänger riefen alle zu ihr, dass sie nicht mehr für sie arbeiten werden. Wie schon erwartet, sah in an Tarila´s Gesichtsausdruck, dass es ihr eigentlich ziemlich egal war, ob die Anhänger ihr halfen oder nicht.

„ Dann müsst ihr eben etwas verzaubert werden.", sagte Tarila.

Sie versuchte die Anhänger mit einem Zauberspruch, den ich schon wieder nicht verstand, da es auf der alten Magiesprache gesprochen wurde, zu verzaubern. Manchmal überlegte ich mir tatsächlich, ob ich auch diese Sprache lernen sollte, damit ich endlich mal auch etwas verstand, wenn jemand einen Zauberspruch aussprach. Doch es passierte nichts. Tarila schaute erstaunt und verstand nicht was los war.

„ Warum funktioniert es nicht?", fragte sie erstaunt.

In der Zeit als wir bei Schnieder waren, haben die Auserwählten dafür gesorgt, dass egal was für ein Zauber auf die Anhänger zu kommt, sie nicht verzaubert werden, weil ihr Körper eine unsichtbare Schutzblase gegen Magie besitzt. Uns war natürlich schon im Voraus klar, dass Tarila eventuell versuchen könnte, die Anhänger wieder zu sich zu gewinnen. Tarila verstand, dass es für sie jetzt schlecht aussah und sie fast keine Chance gegen uns alle hatte.

„ Das war das letzte Mal, dass du gezaubert hast.", sagte Schnieder zu der Königin.

Doch bevor Schnieder ihr die Kräfte entnehmen konnte, entstand eine Glitzerexplosion und meine Mutter verschwand und sie gleich mit.

„ Mama!", riefen Sabrina und ich gleichzeitig.

„ Was sollen wir jetzt tun?", fragte ich verzweifelt.

In diesem Augenblick dachte ich, dass jetzt alles vorbei sei und wir verloren hatten bis Alexander einfiel, dass meine Mutter eine versteckte Kamera in ihrer Kette hatte. Mein Opa schaute auf seine Uhr und sah Tarila im Schlossgarten. Wir alle liefen raus zum Schlossgarten. Der Schlossgarten war riesig und magisch. Es blühten die aller möglichsten Arten von Blumen und bunte Schmetterlinge flogen herum. Dort war auch ein glitzernder Teich und selbst das Gras glitzerte ebenfalls. Ganz weit hinten war dort auch ein zauberhafter schöner Regenbogen. Einfach nur Traumhaft! Wir alle suchten nach meiner Mutter und Tarila. Dadurch dass dieser Garten riesig war, war es schwierig sie direkt zu finden.

„ Hört ihr die Stimme?", fragte Sabrina.

Aus weiterer Entfernung hörten wir die Stimme von Tarila. Wir folgten der Stimme und sie führte uns zum Schlosslabyrinth. Musste sich Tarila ausgerechnet dort befinden? Ich meinte es gab hier doch so viele Plätze. Warum im Labyrinth? Ich habe nämlich nicht so gute Erfahrungen. Als Kind war ich mal in einem Maislabyrinth und ich habe mich verlaufen und wusste nicht mehr weiter. Ich fing an zu weinen und musste warten bis mich jemand dort rausholte, seitdem mochte ich Labyrinths nicht. Ich traute mich aber rein. Es ging ja schließlich um meine Mutter. Wir kamen der Stimme immer näher und näher. Nach dem wir dann noch einmal nach links abgebogen waren , sahen wir meine Mutter, die gefesselt war und Tarila.

„ Ich dachte, dass ihr aufgeben würdet.", sagte Tarila.

„ Da hast du falsch gedacht!", sagte Alexander.
„ Lass unsere Mutter frei!", rief ich.
Tarila schaute uns an, lachte fies und zauberte Tiger hierher.
„ Fasst!", befahl sie den Tigern.
Schlimmer kann es nicht werden, dachte ich mir. Die Tiger liefen auf uns zu und wollten uns attackieren. Ich verstand nicht wie die Auserwählten und Schnieder einfach nur da stehen konnten ohne Angst zu haben. Schnieder und die Auserwählten sagten einen Zauberspruch und die Tiger verwandelten sich zu kleinen,süßen Katzen und rannten hinter einer Maus her. In diesem Moment war ich noch nie so froh Schnieder und die Auserwählten an meiner Seite zu haben.
„ Sieh es endlich ein Tarila!", sagte Schnieder.
„ Niemals!", schrie sie wütend.
Die Auserwählten standen nebeneinander und sagten einen Zauberspruch auf und richteten ihre Hände in die Richtung von Tarila und aus ihren Händen kamen bunte Strahlen raus. Ich fragte Alexander was das für Strahlen waren und er erklärte mir, dass die Strahlen Tarila schwächer machten und sie dann für ein paar Minuten keine Kraft hat ihre Magie anzuwenden und dann kann Schnieder ohne Probleme ihr die Magie entnehmen. Tarila versuchte ebenfalls denselben Zauberspruch aufzusagen und dann ihre Strahlen auf die Auserwählten zu richten. Ich sah an Tarila´s Gesichtsausdruck wie schwer es für sie war die Strahlen zu halten. Ihre Strahlen wurden immer schwächer und schwächer und sie erloschen. Sie fiel auf dem Boden und schrie vor Wut. Sabrina und ich rannten zur unserer Mutter und wir befreiten sie.
„ Ich werde es euch heimzahlen. Glaubt mir.", schrie

Tarila.

Schnieder kam näher zur Tarila und schaute sie an.

„ Ich bin enttäuscht von dir. Ich hätte nie im Leben gedacht, dass meine eigene Tochter zu solchen Sachen fähig ist. Du solltest dich wirklich schämen.", sagte er zu ihr.

Schnieder hielt seine Hände gerade und sagte einen Zauber auf und wir alle konnten sehen, wie er die Zauberkraft von Tarila wegnahm. Als endlich ihr die ganze Zauberkraft weg-genonmen wurde, fiel uns allen ein Stein vom Herzen. Wir hatten es geschafft. Wir haben sie tatsächlich besiegt und jetzt wird Dreamcity wieder unter einer richtigen Königin oder unter einem richtigen König regiert.

„ Ich werde wiederkommen. Es ist noch nicht vorbei. Ich kriege noch meine eigene Stadt.", sagte Tarila und rannte aus dem Labyrinth.

„ Willst du sie nicht wegsperren?", fragte ich meinen Opa.

„ Sie wird jetzt genug Probleme haben.", sagte er.

Wir alle liefen aus dem Labyrinth raus und meine Mutter kam zur meiner Schwester und mir und umarmte uns.

„ Ich bin so stolz auf euch. Ihr seid sehr mutig. Ich verspreche euch, dass ich ab jetzt immer ehrlich zu euch bin.", sagte meine Mutter zu uns.

Ich freute mich, dass meine Mutter endlich ehrlich mit uns sein möchte. Ich hatte auch ein Gefühl, dass alles jetzt wieder gut zwischen meiner Mutter und meinem Opa sein würde. Wir verließen mit den ehemaligen Anhängern den Palast und alle Menschen aus Dreamcity versammelten sich und jubelten. Ich fühlte mich wie als wäre ich eine Heldin gewesen. Alle waren überglücklich, dass Tarila besiegt wurde. Schnieder zauberte sich ein Mikrofon bei und hielt eine Rede. Jetzt wird eine neue Königin oder ein neuer König gekrönt.

„Jahre lang hatten wir entweder einen König oder eine Königin. Ab heute möchte ich nicht nur einen König oder eine Königin krönen, sondern vier.", kündigte Schnieder an.

Tatsächlich krönte er alle vier Auserwählten.

„Wir sind alleine stark, aber zusammen sind wir noch stärker.", sagte er.

Das Volk jubelte und schrie vor Freude. Nach dieser wunderschönen Krönung kam unser Opa zu uns und bedankte sich ebenfalls bei uns. Wir alle umarmten uns und Sabrina und Mom blieben noch bei Opa während ich zu Alexander ging.

„Wir haben es geschafft!", schrie ich vor Freude und küsste ihn auf die Wange.

„Eins ist klar, dass alles werde ich nie in meinem Leben mehr vergessen.", sagte er.

Wir umarmten uns und waren einfach nur erleichtert, dass jetzt alles vorbei war und wir endlich Ruhe hatten. Am Abend spielte eine Band auf dem Marktplatz und wir alle tanzten zu der ausgelassenen und fröhlichen Musik. Oben auf dem Balkon des Schlosses tanzten die zwei Königinnen und die zwei Könige. Wir alle lachten und waren über glücklich.

Zum Schluss der Feier zauberte Schnieder ein buntes Feuerwerk herbei. Alexander und ich hielten Händchen, küssten uns und schauten das Feuerwerk an. Es war wunderschön und romantisch. Jetzt wird Dreamcity zum schönsten und zauberhaftesten Ort der Welt. Ich werde zwar Manchester vermissen, aber ich möchte nicht mehr aus Dreamcity weg. Hier bin ich glücklich und erlebe magische Abenteuer. Ein hoch auf uns, die Magie und Dreamcity!

© 2022 Viktoria-Elisabeth Witczak
Herstellung und Verlag: BoD – Books on Demand,
Norderstedt
ISBN: 9783756230426

FSC
www.fsc.org

MIX

Papier aus ver-
antwortungsvollen
Quellen
Paper from
responsible sources

FSC® C105338